A GUERRA DOS FARRAPOS

Alcy Cheuiche

A GUERRA DOS FARRAPOS

Romance

13ª Edição

13ª edição / Porto Alegre-RS / 2024

Capa: Marco Cena
Produção editorial: Maitê Cena e Bruna Dali
Produção gráfica: André Luis Alt

Dados Internacionais de Catalogação na Publicação (CIP)

C526g Cheuiche, Alcy
A Guerra dos Farrapos / Alcy Cheuiche. – 13.ed. Porto Alegre: BesouroBox, 2024.
192 p ; 16 x 23 cm

ISBN: 978-65-88737-66-8

1. Literatura brasileira. 2. Romance. I. Título.

CDU 82-93

Bibliotecária responsável Kátia Rosi Possobon CRB10/1782

Edições BesouroBox Ltda.
Rua Brito Peixoto, 224 - CEP: 91030-400
Passo D'Areia - Porto Alegre - RS
Fone: (51) 3337.5620
www.besourobox.com.br

Impresso no Brasil
Março de 2024.

Os séculos gastam as pedras
mais rapidamente do que as palavras.
Maurice Druon

SUMÁRIO

Porque me orgulho deste livro 9
A ponte da Azenha 13
A invasão de Porto Alegre 19
A reação dos imperiais 33
A república Rio-grandense 47
No calabouço do Rio de Janeiro 61
Assassinato nas Missões 77
A fuga da Fortaleza do Mar 89
Piratini, 20 de setembro de 1838 99
Anita Garibaldi 113
Olho por olho, dente por dente 129
O barão de Caxias 143
Alegrete, verão de 1843 155
O duelo e a paz 167
Toque de silêncio 179
Saudação a Alcy Cheuiche 183
Prêmio Ilha de Laytano 187
Obras de Alcy Cheuiche 191

Porque me orgulho deste livro

Alcy Cheuiche

Um título deve resumir o texto, dizia Marguerite Yourcenar, *desde que o escritor se responsabilize por ele*. Sim, eu me orgulho de ter escrito *A Guerra dos Farrapos* e preciso dizê-lo imediatamente ao leitor. No entanto, explicar porque me orgulho, poderia exigir um texto maior do que o próprio romance... Mas, vou tentar, a pedido do meu novo editor e velho amigo Marco Cena, companheiro de longa data, principalmente como artista responsável pelas capas de muitos dos meus livros.

Esta obra nasceu quando eu ainda era criança. Pelos dez anos de idade, eu tinha dois mestres: Monteiro Lobato na palavra escrita e meu pai, Alcy Vargas Cheuiche, na palavra falada. E foi ele quem me mostrou, numa viagem de Alegrete à Quaraí, a mataria baixa do arroio Sarandi e me disse:

– Aqui aconteceu o famoso duelo entre Bento Gonçalves e Onofre Pires.

E teve a paciência de me explicar quem eram esses personagens e porque, embora sendo ambos farroupilhas, primos carnais e irmãos maçons, enfrentaram-se num duelo de espada, em que o Coronel Onofre veio a morrer.

– Isso que ele era onze anos mais moço do que o General Bento Gonçalves, e muito mais alto e forte.

E acrescentou essas palavras que nunca saíram da minha memória:

– O *Duelo Farrapo,* narrado num conto imortal de Simões Lopes Neto, foi o *verdadeiro toque de silêncio desta guerra, que durou quase dez anos.*

É claro que, voltando à Alegrete, eu peguei o livro *Contos Gauchescos* e devorei a história em seus mínimos detalhes.

Dois anos depois, viajando de carro para Pedras Altas, onde ficaríamos alguns dias na estância do meu tio Janino Tavares, irmão da minha mãe, passamos por uns campos bordados por corticeiras, e meu pai contou:

– Por aqui se deu a Batalha do Seival, em 10 de setembro de 1836. *Seibo* em espanhol, quer dizer corticeira, daí o nome. Em razão da vitória do Coronel Antônio Netto sobre o teu tataravô, Coronel João da Silva Tavares, a República Rio-Grandense foi proclamada neste mesmo local, no dia seguinte.

– Meu tataravô?

– Sim, meu filho. Ele era bisavô da tua mãe. Um homem valente e muito honrado, que veio a receber, mais tarde, os títulos de Barão e Visconde do Cerro Alegre.

– Mas... Eu pensei que nós torcíamos pelos farroupilhas. O senhor fala do General Bento Gonçalves com tanta admiração.

– Antes da *Guerra dos Farrapos,* Bento e Silva Tavares eram muito amigos, até compadres. Lutaram juntos na Cisplatina e foram eleitos deputados estaduais pelo mesmo partido, o Liberal. Mas quando Bento procurou teu tataravô na cidade do Herval, para propor-lhe fazerem juntos a revolução contra o Império, o Coronel Silva Tavares negou-se, porque não queria que o Rio Grande do Sul se separasse do Brasil.

– Então, qual dos dois tinha razão?

– Ambos tinham razão; Bento em querer que os rio-grandenses deixassem de ser apenas *bucha de canhão*, fornecendo a maioria dos soldados e das viúvas em todas as guerras de fronteira e sendo dirigidos por prepostos do Império que pregavam a volta do Brasil ao domínio de Portugal. Silva Tavares em temer que essa revolução viesse a tornar independente a nossa província, o que nos faria deixar de ser brasileiros.

– Então... não devemos torcer por nenhum lado?

– Não, meu filho. Todos os que lutaram na *Guerra dos Farrapos* eram irmãos. E, por isso, quando os *castelhanos* de Oribe e Rosas ameaçaram invadir o Rio Grande do Sul, os farroupilhas lhe mandaram a famosa mensagem: *Assinaremos a paz com o Império do Brasil com o sangue do primeiro soldado estrangeiro que invadir nossa fronteira.* E assinaram a Paz do Ponche Verde, com o Barão de Caxias, aqui perto, em Dom Pedrito, na mais linda de todas as datas históricas desta fronteira, o 28 de fevereiro de 1845. Que, para mim, deveria ter tantas comemorações como o 20 de setembro.

Essas conversas com o meu pai foram a gênese deste livro que não foi escrito como uma história de *mocinhos e bandidos.* E, para deixar bem clara a posição de narrar os fatos sem *torcer* para um ou outro lado, basta a leitura atenta do primeiro capítulo, *A Ponte da Azenha.*

Dona Mafalda Verissimo me contou que Erico leu, pelo menos, uns cem livros em português e espanhol sobre a formação histórica do sul do Brasil e dos países do Prata, antes de escrever sua saga *O Tempo e o Vento.* Eu também li muito livros que me prepararam para escrever *A Guerra dos Farrapos*, inclusive a obra maestra de Erico Verissimo. Somente que optei, neste romance, em não criar personagens de ficção, uma vez que o fio condutor da narrativa não precisava alongar-se mais do que o período chamado de *Decênio Heroico.* E são tão densos esses personagens, homens e mulheres, são tantas as informações sobre eles em prosa e verso, que tratei apenas de ser fiel aos episódios que conto, sem nada incluir que não fosse histórico. Garibaldi e Anita, por exemplo, embora sejam os personagens principais de apenas um capítulo, intitulado *Anita Garibaldi*, me exigiram uma exaustiva pesquisa, começando pela leitura do original em francês das *Memórias de Garibaldi,* redigido por Alexandre Dumas. Meu domínio dessa língua, como do espanhol, inglês e alemão, me foram de grande utilidade para a leitura de muitos textos nos seus originais, uma vez que as traduções nem sempre são confiáveis.

Mais uma razão para me orgulhar deste livro, foi que ele me proporcionou dois momentos extraordinários no ano de 1985, no Sesquicentenário da Revolução Farroupilha. O primeiro deles aconteceu na Rua Riachuelo, onde encontrei a jovem Elma Sant'Ana, hoje uma das escritoras mais importantes do Rio Grande do Sul, e ela me disse com sua sinceridade habitual:

– Terminei de ler o teu livro e quero te dizer uma coisa: agora, finalmente, eu entendi como foi o começo, o meio e o fim da Guerra dos Farrapos.

Foi a primeira opinião que recebi, justificando, sem dúvida, o fato de que outros milhares de leitores trouxessem este livro daquela primeira a esta décima-segunda edição.

Alguns meses depois, recebi em sessão solene o prêmio literário *Ilha de Laytano*, sendo saudado pelo historiador Arthur Ferreira Filho, mais tarde meu colega na Academia Rio-Grandense de Letras, com algumas palavras que nunca esquecerei:

Vosso livro de história romanceada, mais história que romance, é belo e oportuno. Ocupa-se da Revolução Farroupilha, quando o Rio Grande comemora um século e meio daquele glorioso acontecimento. Fala dos seus campeões e de seus feitos, de suas grandezas e de suas misérias. Retrata com fidelidade os costumes do tempo e o nível cultural das elites gaúchas. E mais, não vos deixastes contagiar pelo vezo, muito em voga em nossos dias, que pretende pesar a conduta dos homens e a importância dos fatos ocorridos, em séculos passados, pela balança do presente.

Imune aos preconceitos mesquinhos e às pretensões pueris, soubestes, em termos brilhantes e pleno conhecimento de causa, destacar as grandes figuras que, de um e de outro lado, serviram com honra e cavalheirismo o partido que abraçaram. Bento Gonçalves e Caxias, os dois expoentes maiores das forças que se digladiavam, ambos aparecem em vosso livro sem auréolas mitológicas, mas na sua grandeza humana, na sua inteireza de caráter, na sua nobreza de coração.

Fiquemos por aqui. Acredito que honrei os ensinamentos de meu pai, que estava presente à outorga do prêmio, escrevendo um livro despido de ódios, mas que busca, acima de tudo, contar a verdade. Por essa razão, suas últimas linhas, dedicadas à despedida de Bento Gonçalves, continuam válidas em 2022, como na época em que as escrevi:

No mesmo barco que o trouxe de Triunfo a Pedras Brancas, seu corpo é levado até o Camaquã. O enterro é simples. Poucos amigos estão na Estância do Cristal. Mas um deles guardará seu túmulo. Nico Ribeiro, o ex-escravo e corneteiro. E os gaúchos, passando pela estrada, ouvirão muitas vezes o clarim. É o toque de silêncio de uma guerra. Que até hoje não chegou ao fim.

A Ponte da Azenha

Quando criança, eu costumava entrar nas velhas fotografias. No álbum grande, pesado como uma enciclopédia, as cenas do passado desafiavam minha pouca idade. Os mais velhos sabiam coisas que eu não saberia jamais. Entrar nas fotografias era o único jeito de conhecer pessoalmente o meu avô de grandes bigodes, sentar no colo apetitoso da minha avó, chegar bem perto daquele menino de cabeça raspada e olhos espantados que se transformara no meu pai. Mas, no mundo do faz de conta, como nos ensinara Monteiro Lobato, o segredo era indispensável. Eu só entrava nas fotografias em momentos de total solidão. Na hora da sesta, por exemplo, quando a casa dormia e só se ouviam, meio abafados, os ruídos da cozinha. Então, pé ante pé eu entrava na fotografia escolhida.

Na minha infância, todos os retratos, nome mais usado para as fotografias, eram em preto e branco. Com exceção de alguns muitos feios pintados à mão. Eu tinha o cuidado de não vestir nenhuma roupa colorida quando entrava numa fotografia. Isso, por duas razões. A primeira, para não espantar os parentes e até ser mal aceito por eles. A segunda, para não ser surpreendido bisbilhotando no passado. Esse era o meu único medo. Ficar preso dentro do retrato e não conseguir mais voltar.

Lembro-me de uma vez em que escapei por pouco. Era noite; meus pais tinham ido ao teatro, e eu aproveitei para entrar na fotografia do meu batizado. Tinha sido uma festa no campo, com muita gente, e eu me distraí tentando identificar as pessoas. Meus pais chegaram de repente e eu não tive tempo de sair da fotografia. A sorte é que tinha muita gente mesmo no meu batizado. Parei de respirar e fiquei bem quieto. Eu estava entre um tenente de cavalaria e uma moça morena, de vestido branco. Meus pais não me descobriram, mas minha mãe quase fechou o álbum. Lembro-me do seu rosto, imensamente grande, olhando para mim. Olhando e não me vendo. Mas acho que minha mãe não faria nada de mal. Como nos filmes de mocinho, na hora *h* ela evitaria o acidente. Senão, se ela fechasse o álbum, eu arriscaria estar ainda hoje prisioneiro dentro da fotografia do meu batizado.

Passaram-se os anos. Com a cabeça recheada de ciência e arte, acomodei-me ao viver dos adultos. Nunca mais tentei entrar numa fotografia ou num velho quadro do passado. Mas, no íntimo, como um atleta aposentado, acho que ainda posso. Deve ser como andar de bicicleta ou falar um idioma estrangeiro. A gente pensa que não sabe mais, mais ainda sabe. O risco está em tentar.

Decidido a experimentar meus poderes enferrujados, obedeci religiosamente ao velho ritual. Sem contar para ninguém, saí à noite para o local escolhido. A Ponte da Azenha. O umbigo da Guerra dos Farrapos. O lugar do primeiro combate entre farroupilhas e caramurus. Ali, naquela ponte sem graça, de lombo cansado pelo peso de ônibus, automóveis e caminhões, deveria restar alguma imagem da noite de 19 de setembro de 1835. Achar a ponta do fio era indispensável para desenrolar a trama. Encontrar o fio e percorrê-lo, durante dez anos, da Ponte da Azenha até os campos do Ponche Verde. Do nascimento à morte da primeira República brasileira. A República Rio-Grandense. A glória e o sangue que os gaúchos herdaram dos bisavós.

Estaciono meu carro no fim da Avenida João Pessoa e caminho até a ponte. Contrariado, observo um homem que se debruça no beiral, com ar pensativo. A noite é fria. Já é quase meia-noite. O que fará esse homem solitário a olhar as águas turvas do Dilúvio? Será um suicida? Um ecologista preocupado com a poluição do riacho? Um homem apaixonado? Um poeta em busca de inspiração?

Não podendo mais perder tempo, coloco-me a uma distância razoável do homem pensativo e busco igual concentração. Automóveis e ônibus continuam a passar sobre a ponte. O cheiro dominante é de pneu queimado, de gasolina, de desodorante barato. Das águas escuras sobem reflexos dos anúncios luminosos. Uma ambulância passa com a sirene aberta, sincopada. Sinto agora os sons mais estridentes, as luzes mais brilhantes, os cheiros mais espessos. Não vejo nenhuma estrela no céu.

De esguelha, espio o homem solitário, que não mudou de posição. Tudo me distrai, atraindo pensamentos modernos. Não consigo entrar na velha Ponte da Azenha. Nada ali me recorda o drama passado há cento e cinquenta anos. Será que nada me restou da infância? Nenhum poder maravilhoso? Nenhuma ilusão escondida? Tenho certeza que sim. É só ter calma e seguir tentando. Nunca chegarei aqui por outro caminho.

Penso nos processos de congelação que aprendi na Universidade. O congelamento deve ser rápido e o descongelamento gradual, por etapas, para não romper as células, destruir os tecidos. Talvez esteja aí a solução. Descongelar o tempo por etapas e não de uma única vez. Vamos dizer... cinquenta anos. Isso. Um primeiro mergulho de meio século. Porto Alegre na noite de 19 de setembro de 1935.

Volto a sentir a mesma sensação da infância e sei que estou entrando no passado. Quem já entrou, reconhece os sintomas. Uma leve sensação de embriaguez. O pulso um pouco acelerado. Os sentidos todos em alerta. Ergo a cabeça para um céu mais límpido. O silêncio é cortado por um ruído metálico, inconfundível. Sorrio ao pensar que é ele. Só pode ser ele. Um bonde-gaiola, pintado de amarelo, passa sobre a ponte sacudindo as ancas. O homem pensativo sai da imobilidade e vira-se para contemplá-lo. O bonde traz escrito na testa a palavra AZENHA. Em sentido contrário, passam uma carroça carregada de verduras e um Ford Modelo A. Ao vê-lo tão novo e empertigado, me dou conta de que ainda não nasci. Que aquele batizado da velha fotografia só acontecerá dentro de seis ou sete anos. Corro o olhar em volta. A cidade parece que encolheu. Os prédios são mais baixos e esparsos. Do lado da rua Cabo

Rocha, percebo nitidamente som de gaita e gargalhadas. Acho graça em pensar que todos os televisores, com suas propagandas, novelas e antenas espinhentas, ficaram incomodando lá longe, no futuro. Sobraram apenas alguns aparelhos de rádio, fanhosos e sisudos. O asfalto também sumiu, descobrindo o calçamento quadriculado. Encho os pulmões com a brisa que vem do rio. Respira-se um cheiro bom na Ponte da Azenha.

Descansando do primeiro mergulho, dou mais uma espiada no meu vizinho de ponte. Depois de sorrir para o bonde e para as estrelas, voltara a concentrar-se nas águas do riacho. Que sujeito mais esquisito! Aceitou as mudanças com a fleuma de um monge budista. Mas será que ele se deu conta da mudança? Será que estará, como eu, dentro do ano de 1935? Será que ele sabe que Getúlio Vargas está outra vez no poder? Que o prefeito de Porto Alegre é o major Alberto Bins? Eu sei tudo isso e o sinto ao vivo na pele e nos nervos. Minha respiração volta lentamente ao normal. A primeira etapa do mergulho está vencida. Um foguetório ao longe me recorda que Porto Alegre está comemorando o Centenário da Guerra dos Farrapos. Penso em pegar o meu carro e dar um pulo até o Parque Farroupilha. Mas que carro? Deixei-o lá longe, estacionado, há cinquenta anos de distância. Tateio meu próprio pulso e o sinto normal. Respiro fundo e dou mais um mergulho de meio século.

Que mudança extraordinária! Parece que estou a léguas do centro da cidade. A ponte estreitou-se e ficou mais perto das águas rasas. As estrelas estão enormes e piscam em tom azulado. O único ruído que percebo é o da água correndo sobre as pedras. É claro! O canal do Dilúvio não existe mais. Os salsos nasceram novamente em suas margens. Marcas brancas nas pedras devem ser o rastro das lavadeiras. Um cachorro late para os lados onde já foi, ou será o Hospital Ernesto Dorneles. Logo é contestado pelo balir aflito de um cordeiro. Nenhuma luz nos poucos ranchos da vizinhança. Nenhuma comemoração nesta noite de 19 de setembro de 1885.

Minha respiração está curta. O pulso muito acelerado. Talvez seja a rarefação de ar das profundidades do tempo. Também a solidão começa a me fazer mal. Instintivamente, procuro localizar meu companheiro de viagem. Ali está ele. Sempre no mesmo lugar. Não lhe percebo o rosto. Gostaria de saber se está meio apavorado, como eu. Será que devo falar com ele? Pedir-lhe desculpas? Explicar-lhe tudo? É melhor que não. Poderia quebrar o encanto. Mas não posso deixar de imaginar sua surpresa se lhe dissesse que voltamos cem anos ao passado. Que não se trata de uma pane de luz elétrica. Que a eletricidade doméstica, os aviões, ônibus, automóveis, não existem mais. Que ninguém tem telefone. Que os porto-alegrenses pobres andam a pé ou nos bondes puxados por burros. Que os ricos andam de caleças e tílburis. Que o transporte pesado voltou para as carretas puxadas a boi. Que até eu mesmo tonteio em pensar que Dom Pedro II está vivo e ainda governa o Império do Brasil. Que ainda faltam quatro anos para a proclamação da República.

Daí todo este silêncio. Nenhuma comemoração aberta nos cinquenta anos da Guerra dos Farrapos. Em plena monarquia, os farroupilhas ainda são proscritos. Mas o povo rio-grandense não os esqueceu. E continua a buscar a independência política, a sonhar com a federação. Exemplo? Porto Alegre já não tem mais escravatura. Por conta e risco da Câmara dos Vereadores, pressionada e auxiliada pelo Parthenon Literário, todos os escravos na cidade foram libertos no dia 7 de setembro de 1884.

O silêncio continua a me oprimir o peito. Mas é tarde demais para recuar. Para chegar a tempo, é hora de prosseguir viagem. Um último mergulho de cinquenta anos e estarei na noite histórica de 19 de setembro de 1835.

Foi tão pequena a mudança que duvidei do mergulho. Mas é certo que consegui novamente. O céu é o mesmo, embora percorrido por nuvens de chuva. As águas continuam a cantar nas pedras e nas colunas da ponte. Nenhuma luz por perto. As lamparinas de óleo de peixe só existem nas ruas principais: Rua da Praia, Rua da Igreja, Rua do Arvoredo. Aqui, neste fim de mundo dos arrabaldes, é como se estivéssemos a muitos quilômetros da cidade. Quilômetros, não. Nesta época, tudo é medido em léguas, em quadras, em braças. Os pesos também não são em quilos. É preciso pensar em onças, em arrobas, em quintais. Que trabalheira converter tudo isso para os números modernos. Que ousadia querer interpretar os sentimentos, os dramas, os sonhos, as revoltas de um povo tão distante no tempo. Que leviandade querer absolver ou condenar pessoas de 1835 com os conceitos e os olhos de outro tempo, de outra vida. Para entender a Guerra dos Farrapos, somente mergulhando fundo no tempo, de corpo inteiro, como eu. Como eu e esse estranho personagem que continua a sonhar sobre a ponte do Chico da Azenha.

Busco o companheiro com os olhos e o percebo no mesmo lugar. Firmo o ouvido e escuto vozes abafadas sob a ponte. São certamente os farroupilhas de tocaia. Já deve ser quase meia-noite. Os homens de Gomes Jardim e Onofre Pires já armaram a emboscada. Agora só falta chegarem os imperiais. De imediato, ouço ruído de cavalos a galope. Vindos do centro da cidade, os caramurus estão chegando exatamente na hora. Já percebo suas sombras em movimento. O bem da frente deve ser o Visconde de Camamu. O que fazer? Os governistas estarão pisando na ponte dentro de um ou dois minutos. Impedir o confronto é impossível. É hora de tomar partido. Mas como escolher, tão cedo, o lado certo? Como saber quem está com a razão?

Os cavaleiros imperiais já estão a poucos passos de distância. Num movimento impulsivo, viro-lhes as costas e caminho em direção aos rebeldes. Ao mesmo tempo, vejo que meu companheiro solitário tomou decisão contrária e caminha em direção aos caramurus. Não posso deixá-lo perturbar a História. Acelero o passo e logo nos encontramos frente a frente. Nos últimos segundos, sinto a sensação de caminhar em direção de um espelho. O homem parado diante de mim me é estranhamente familiar. Seu rosto espantado, seus cabelos revoltos, tudo reflete o meu próprio espanto. Não há nenhuma dúvida! Aquele estranho homem também sou eu.

Não há mais tempo para tomar partido. Meia-noite soa dentro de mim. Os primeiros tiros fazem estacar os governistas. Um caramuru grita e se atira ao riacho. O homem solitário e eu somos agora um único ser. A única testemunha do alvorecer da Guerra dos Farrapos.

A Invasão de Porto Alegre

Um dos primeiros feridos no combate da ponte da Azenha foi o Visconde de Camamu, o próprio comandante dos imperiais. O homem que gritara e se jogara ao riacho chamava-se Antônio José Monteiro, mas era conhecido como *Prosódia*. Tratava-se de figura importante entre os conservadores por ser tenente-quartel-mestre e proprietário do famoso pasquim *O Mestre Barbeiro*. Seu corpo morto já boiava em direção ao Guaíba e seria achado, no outro dia, no meio dos aguapés.

Atordoados pelo tiroteio cerrado e pela gritaria dos revoltosos, os soldados imperiais recuaram quase sem lutar. Menos de vinte homens, a maioria mercenários, não arriscariam a vida a não ser para salvá-la. Muito diferentes do punhado de farroupilhas, escolhidos para defenderem a ponte, que lutavam com ódio, mas por ideal.

De pé, no meio da ponte, o cabo Rocha gritava de espada na mão. Descarregada a pistola, berrava a seus homens para saírem ao combate corpo a corpo. Mas quase não houve tempo para isso. Banhado em sangue e ignorando que seus inimigos eram apenas sete farroupilhas, o Visconde de Camamu virou a cabeça do cavalo e fugiu a galope. Mais alguns tiros perdidos na noite e os imperiais sumiram na escuridão.

– Aos cavalos! Aos cavalos!

– Vamos sangrar esses caramurus covardes!

– Onde estão esses malditos cavalos?

– Ficaram no alto do morro, no acampamento.

– Maldição! Não dará tempo para buscá-los.

O silêncio voltou à ponte da Azenha. Somente os cães das chácaras vizinhas, acordados pelo tiroteio, ainda continuavam a latir. Logo em seguida, chegaram reforços do acampamento dos liberais, armado no local onde hoje é o cemitério São Miguel e Almas. Mas não houve perseguição dos imperiais. Gomes Jardim e Onofre Pires tinham apenas sessenta homens sob seu comando. E as ordens de Bento Gonçalves eram claras. Deveriam esperar reforços antes de atacar, ao amanhecer.

À luz de uma vela de sebo, dentro de um rancho requisitado como quartel-general, Gomes Jardim rabiscou uma mensagem para Bento Gonçalves, narrando-lhe os feitos da noite e pedindo-lhe novas instruções. Feito isso, escolheu um homem de confiança para seu chasque e mandou-o chamar.

– Este bilhete precisa estar nas mãos do coronel antes do amanhecer.

– Sim, senhor.

– Pega o melhor cavalo desses *pilungos* e, pelo amor de Deus, não te percas pelo caminho.

– Não me perderei. Pode ficar descansado.

– Cabo!

– Pronto, senhor!

– Diz... Diz a tua mãe que está tudo bem. Que não há nenhum ferido.

– Sim, senhor. Sua bênção, meu pai.

Emocionado, o velho Jardim deu a mão calosa a beijar ao filho e abençoou-o. O cabo bateu continência e montou. Pela noite escura, no emaranhado de chácaras que bordavam os morros, o moço tratou de achar o caminho mais curto até o rio. Nas proximidades de onde é hoje o Hipódromo do Cristal, um pequeno veleiro o esperava para atravessar o estuário até as Pedras Brancas. Requisitados pelo vice-cônsul português, os barcos e marinheiros lusos estacionados em Porto Alegre tinham sido colocados a serviço do império. A embarcação que levaria o cabo estava sujeita a ser interceptada ou afundada durante a travessia. Nisso pensava o jovem farrapo, enquanto descia pelo caminho da Cascata. Medo, porém, não sentia nenhum. Apenas a excitação do primeiro combate e o orgulho de ter sido escolhido como mensageiro. Junto ao córrego do moinho, dobrou à direita e seguiu pelo carreiro que margeava uma cerca de pedra. O vento minuano começara a soprar com alguma intensidade. Nuvens baixas corriam pelo céu estrelado. O moço passou a mão pelo pescoço peludo do cavalo. Apesar de magro e desferrado, o animal pisava firme no caminho irregular. Vencido um capão de mato e atravessado um grande laranjal, firmou-se nos estribos e olhou em volta, buscando um ponto de referência. Por um momento assustou-se, sentindo-se perdido. Mas logo reconheceu o vulto de um gigantesco guapuruvu. O moço Sílvio Jardim sorriu e esporeou o cavalo em direção à árvore nativa. Sabia que daquele ponto em diante começava o declive que o levaria ao rio.

Em direção oposta, após a derrota na ponte, os caramurus já haviam atravessado o potreiro da várzea, atual Parque Farroupilha, e cruzado o velho portão da cidade, ao lado do quartel do 8.º Batalhão de Caçadores. Camamu perdera muito sangue no caminho, mas recuperara a vergonha. Sofrendo mais pela derrota do que pela dor do ferimento, seguia pálido e altivo à testa da coluna. Por um princípio de autodefesa, quanto mais se aproximava do Palácio do Governo, maior lhe parecia o número de adversário que enfrentara. Ao confrontar a Igreja Matriz, já estava em seiscentos, o número de farroupilhas emboscados. Ao apear diante do palácio, elevou mentalmente a tropa rebelde para oitocentos. E ao enfrentar o olhar duro e reprovador de Fernandes Braga, o Presidente da Província, não titubeou em relatar o número exato dos farroupilhas que o haviam derrotado.

– São, seguramente, mais de mil homens, meu Presidente. Lutamos como feras, mas fomos obrigados a recuar.

Fernandes Braga era um intelectual, advogado formado em Coimbra, mas não era covarde. Mesmo impressionado com o número de farroupilhas, decidiu resistir ao ataque e convocou imediatamente seus conselheiros civis e militares. Entre eles estavam seu irmão Pedro Chaves, inimigo feroz dos liberais, o recém-nomeado comandante da Guarda Nacional, brigadeiro Gaspar Mena Barreto e o vice-cônsul de Portugal. Escravos foram acordados para acender todas as luminárias dos salões do paço. Visto de longe, o sobradão, situado no mesmo local onde é hoje o Palácio Piratini, brilhava como um grande farol. No gabinete da presidência, Fernandes Braga apertou a mão de um a um dos circunstantes, antes de começar a falar.

– Não pretendo entregar a capital sem luta, sejam os atacantes mil ou dez mil homens. Mas ardo em saber quem os comanda.

Pedro Chaves riu meio em falsete.

– Para isso, meu caro irmão, não é necessário consultar nenhum oráculo. Quem os comanda é o coronel Bento Gonçalves.

– Gostaria de acreditar que não. Ele me tem sido fiel nos momentos mais difíceis.

O Visconde de Camamu, já medicado e enfaixado pelo cirurgião do palácio, mordia nervosamente a ponta do bigode.

– Se dependesse de mim, esse agitador já estaria há muito tempo apodrecendo nas masmorras. Vossa Excelência deveria ter sido mais enérgico e...

– Basta! Também eu teria críticas a fazer ao senhor major Visconde, mas não o farei em consideração ao estado em que se encontra. Aliás, não nos sobra tempo para recriminações inúteis. Alguém tem alguma sugestão? De minha parte, dado o perigo iminente, desejo que sejam preparadas as duas escunas de que dispomos e para elas levadas as nossas mulheres e filhos menores.

– E os nossos haveres.

– Isso, Pedro, veremos mais tarde.

– *Data venia,* só um louco deixaria o tesouro público nas mãos do inimigo.

– Não esteja tão certo de que seremos derrotados. Uma coisa é lutar em campo aberto e outra invadir uma cidade fortificada. E contamos ainda com o poderio intacto do 8.º Batalhão de Caçadores.

Uma janela abriu-se com estrondo, apagando velas e fazendo voar papéis. Quando foi fechada, o brigadeiro Mena Barreto falou pela primeira vez.

– Acho que Vossa Excelência não deve depositar tanta confiança nesse batalhão. A maioria dos seus soldados são mulatos.

– Malditos pés de cabra!

– O major Lima e Silva comandou tempo demais esse batalhão. E ele seguramente está apoiando Bento Gonçalves.

Camamu interferiu novamente.

– Se dependesse de mim e do desejo do Comandante das Armas, o major João Manuel não teria ficado tanto tempo comandando o 8.º Batalhão.

Fernandes Braga fechou os punhos e respondeu com violência.

– Não esqueça o senhor Visconde que o major João Manuel de Lima e Silva é irmão do senhor Regente, autoridade maior do Império do Brasil. Não fora por isso, eu próprio o teria demitido do comando, desde o meu primeiro dia de governo.

– No seu primeiro dia de governo, os liberais dançaram pelas ruas...

O vice-cônsul português, Vitório José Ribeiro, até ali calado e desdenhoso, resolveu intervir para acalmar os ânimos.

– Tenho mais de cem marujos patrícios em armas defendendo o porto. Se Vossas Excelências afirmam que o perigo só virá por terra e não acreditam nos soldados do 8º Batalhão, aconselho trazermos os nossos bravos marinheiros para combater nas trincheiras da cidade. Cem portugueses aguerridos darão conta desses mil amotinados.

A prepotência da afirmação foi tamanha, que serviu para unir os brasileiros em torno de Fernandes Braga e da lealdade do batalhão. Mesmo conservadores e chamados pelos liberais de *retrógados do partido português*, nenhum deles admitia a volta ao estado colonial. Escassos treze anos de independência não haviam cicatrizado ainda as feridas. Fernandes Braga olhou duro para o vice-cônsul, mas deu-se conta de que ele mesmo pedira ajuda e conselho ao diplomata. Respirando fundo, deu a última palavra e encerrou a reunião.

– Senhor Vitório José Ribeiro, agradeço-lhe o generoso oferecimento, mas prefiro contar com seus marujos protegendo a Alfândega e os navios. Aliás, o rio será nossa única via de acesso à cidade de Rio Grande, para onde voltarei a fixar a sede do governo, caso necessário. Senhores! Vamos ocupar nossos postos de combate e não nos abater na desesperança.

Ao mesmo tempo em que o Presidente da Província pronunciava essas palavras, o cabo Jardim saltava do veleiro, ainda com água pelos joelhos, nas proximidades da atual Praia da Alegria. Daquele lado das

Pedras Brancas, hoje cidade de Guaíba, tudo lhe era familiar. Enxergando no escuro, como um gato, caminhou a passos largos em direção à casa paterna. O Cruzeiro do Sul já se inclinava perigosamente para os lados da Lagoa dos Patos. Escassas três horas faltariam para o amanhecer.

Não longe dali, na casa da estância de José Gomes jardim, sua esposa e prima Isabel Leonor não conseguia conciliar o sono. Deitada na cama do casal, os cabelos grisalhos soltos sobre o travesseiro, dedilhava um interminável rosário. Seu marido estava presente no vazio da cama, no cheiro das roupas, no livro aberto sobre a mesa de cabeceira. Em mais de trinta anos de casados, nunca lhe havia falhado aquele homenzinho enérgico, bondoso e sereno. Naquele quarto continuavam a se amar, carinhosos e surpresos, depois de haverem criado sete filhos. Sete homens que tinham atravessado o rio, ao lado do pai. Isabel Leonor gostaria de ter ido com eles. Ao menos, serviria de enfermeira. Ajudaria a curar os feridos. Seu marido tinha uma vocação instintiva para a medicina. Impossibilitado de cursar uma Universidade, progresso cultural que a Província de São Pedro estava muito longe de possuir, ele havia estudado nos livros e aplicado na prática muitos conhecimentos terapêuticos. Generoso, costumava doar medicamentos e hospitalizar gratuitamente naquela mesma casa os pobres que buscavam seu auxílio. E Isabel Leonor, sem a mesma vocação do marido, o ajudava até nas cirurgias. Assim a educara sua mãe. Assim viviam as mulheres da província. Mais afeitas ao luto do que às roupas coloridas. Divertindo-se apenas nas festas religiosas. Habituadas à guerra e às noites de infindável espera. Como aquela noite de setembro. A casa pacata transformada num quartel. Homens estranhos, malcheirosos e famintos a pedirem acomodação e comida. Dez dias de agitação e desperdício. As facas sangrando ovelhas e porcos. Mãos estranhas torcendo o pescoço das galinhas. Para que tudo isso? O marido e os filhos arriscando a vida por ideias, já que eram ricos, que nada lhes faltava. Naquela manhã, por engano ou maldade, um soldado havia carneado uma vaca leiteira, uma vaca que ela criara guaxa desde pequenina. O mangueirão de pedras cheirava como um matadouro. Isabel Leonor voltou a rezar e fechou os olhos para não ver o sangue.

Na sala de visitas, que apenas uma parede separava do quarto de Isabel Leonor, Bento Gonçalves mantinha-se em febril atividade. Vestido com o fardamento completo de coronel da Guarda Nacional, conservara até mesmo a espada afivelada ao cinturão. Há poucos minutos recebera uma mensagem de Porto Alegre que fizera desencadear sua imediata reação. Todos os homens válidos aquartelados na estância tinham sido acordados e se preparavam para partir a qualquer momento. A mensagem, assinada por José Paiva de Magalhães Calvet, cujo irmão tinha livre trânsito no Palácio do Governo, avisava o coronel de que o Visconde de Camamu e seus soldados haviam partido ao encontro dos revolucionários, pela Estrada da Azenha.

Bento Gonçalves da Silva era um homem de estatura mediana para alta, esbelto e flexível. O cabelo crespo, de um castanho agrisalhado, coroava-lhe a testa e invadia-lhe, em amplas suíças, o rosto cuidadosamente escanhoado. Simpático por natureza tinha o sorriso fácil e as maneiras de um cavalheiro. Mas quem já o vira encolerizado sabia-o capaz de enfrentar qualquer inimigo. Com apenas treze anos de idade já era um espadachim consumado e matara em duelo um ferrabrás de nomeada na vila de Triunfo, onde nascera. No dia 23 de setembro completaria quarenta e sete anos, metade dos quais passara guerreando na Província de São Pedro e na Cisplatina.

O enorme relógio de parede, largo de três palmos e da altura de um homem, bateu solenemente as quatro horas. Do lado de cá, o coronel fixou os ponteiros com um olhar preocupado. Do lado de lá, Isabel Leonor estremeceu ao perceber uma leve batida na janela. Levantou-se e atravessou o quarto, de pés descalços.

– Quem é? Quem está batendo?

– Fale baixo, mamãe. Sou eu. O Sílvio.

A mulher abriu a tranca de madeira com as mãos trêmulas. Sílvio empurrou os postigos e saltou para dentro do quarto. O vento fez tremer a vela do oratório. Isabel Leonor fechou a janela e abraçou o filho.

– Tu estás todo molhado. Onde está teu pai?

– Tudo bem, mamãe. Papai está ótimo. Não se preocupe.

– Senta na cama. Vou puxar as tuas botas e trazer roupa seca.

– Agora não posso. Que horas são?

– Acabam de bater as quatro.

– Graças a Deus! Ainda faltam mais de duas horas para clarear o dia.

– E o que vai acontecer ao clarear do dia?

– Não sei. A resposta deve estar neste bilhete que o papai mandou ao coronel Bento.

– Pois então vamos logo levá-lo ao compadre. Ele está ali na sala.

– De jeito nenhum. Aqui no quarto entrei como filho. Na sala vou entrar como soldado.

Sem mais delongas, o rapaz pulou outra vez a janela. Um cachorro peludo saiu a seu encontro, sacudindo o rabo em sinal de reconhecimento. Já prevenido de sua chegada, Nico Ribeiro, o ordenança de Bento Gonçalves, abriu-lhe a porta da sala de visitas. O coronel recebeu o cabo com um firme aperto de mão. Seus olhos castanhos revelavam a ansiedade que o rosto procurava esconder.

– Que notícias nos traz?

– As melhores, meu coronel. Vencemos o primeiro combate. Foi na ponte do Chico da Azenha. O senhor gostaria de ter visto os caramurus em fuga.

– Se gostaria! Tenho horror da retaguarda. Que horas foi o combate?

– Por volta da meia-noite. Mas aqui lhe trago uma mensagem do meu pai. Deve lhe dar mais notícias.

Bento abriu o papel duro, dobrado em quatro, e não pôde deixar de sorrir. Como os farroupilhas estavam acampados na Azenha, nome antigo dos moinhos movidos à água, Gomes Jardim cifrara a mensagem nos seguintes termos:

Prezado Compadre:

Fomos muito bem no primeiro negócio de farinha. Agora só aguardamos sua palavra para negociar na capital. Seria bom mandar mais gente e cavalos para o transporte das barricas. Caso não seja possível, iremos como lhe aprouver. Mande notícias pelo portador.

Um forte abraço e lembranças à comadre.

Gomes Jardim

– A que horas ele escreveu este bilhete?

– Logo após a fuga dos caramurus.

– A estas horas, já deve ter recebido mais gente e cavalos para transportar a farinha.

– Que farinha, meu coronel?

– Uma farinha preta. Que se usa para fazer o pão da liberdade.

Isabel Leonor entrou na sala junto com um leve cheiro de alfazema. Vestira uma bata sobre a camisola, enrolara os cabelos grisalhos e os prendera com um pente espanhol. Trazia um candelabro com três velas acesas, que iluminavam seu rosto ainda belo.

Bento Gonçalves sorriu-lhe mostrando o jovem Sílvio.

– Querida comadre, dou-lhe meia hora para mimar e alimentar este soldado. Ele mesmo lhe contará das boas notícias que traz.

– Ele ... Ele tem mesmo que voltar?

– Por favor, mamãe, não faça isso comigo...

– Desculpe, Isabel Leonor, se pudesse guardaria o Sílvio conosco. Mas não tenho outro homem como ele que conheça o caminho, seja valente e de toda confiança. Pode ir agora, meu rapaz. Vou tomar as providências pedidas por seu pai.

Sílvio bateu continência, atravessou a sala e passou um braço pelos ombros da mãe.

– Vamos logo para a cozinha. A mais de légua comecei a sentir o cheiro de pão quente.

Isabel Leonor tentou sorrir.

– Fizemos duas fornadas esta tarde. E ainda há geleia de figo, de que tu gostas. E um pouco de coalhada. Como estão teus irmãos?

Sozinho outra vez na sala, Bento consultou o relógio de parede. Quatro horas e vinte e cinco minutos. Pelos seus cálculos, àquela hora, a Companhia de Permanentes já deveria ter desertado do comando imperial e se unidos às forças de Onofre e Gomes Jardim. Juntos deveriam perfazer cerca de trezentos homens. Iriam receber ainda adesões do 8.º Batalhão de Caçadores. E o apoio de muitos civis dentro da cidade. O relógio bateu quatro e meia. Bento sentou-se à escrivaninha, mergulhou a pena no tinteiro e com letra firme confirmou a Gomes Jardim a ordem de invadir Porto Alegre ao amanhecer.

Agora, restava-lhe informar os liberais de Rio Pardo e São Gabriel para iniciarem de imediato as hostilidades. Em Pelotas, contava com os proprietários das charqueadas e com a liderança de Domingos José de Almeida. A fronteira de Jaguarão seria invadida pelo uruguaio Verdun, que cuidaria de neutralizar Silva Tavares. Em São Gabriel, Bento Manuel Ribeiro e Manuel Luís Osório aguardavam apenas o aviso final para pegarem em armas. Por toda a Província, o movimento contava com adeptos dispostos a lutarem contra Fernandes Braga. Contra o abandono do Continente de São Pedro à rapina dos impostos escorchantes e ao desleixo administrativo. Inspirados no liberalismo norte-americano e abeberados na Revolução Francesa, os oficiais e civis mais ativos detestavam o poder centralizador do Império e desejavam a autonomia da Província. A federação era o sonho maior de quase todos. O Rio Grande do Sul estava longe demais do Rio de Janeiro e muito perto das Províncias Unidas do Rio da Prata. Bento Gonçalves era amigo e compadre de Lavalleja, o caudilho uruguaio que liderara a campanha de independências de seu país, até 1828 sob o domínio e cobiça ora do Rio de Janeiro, ora de Buenos Aires. Casado com uma uruguaia de Cerro Largo, onde fora Juiz de Paz após a invasão da Banda Oriental, o líder dos farroupilhas já tivera de ir às Cortes defender-se da acusação de querer anexar o Rio Grande do Sul às províncias do Prata. Mas esqueciam, ou fingiam esquecer seus inimigos, que Bento Gonçalves já lutara várias vezes contra Lavalleja. A última delas na famosa Batalha do Passo do Rosário.

– Com sua licença, meu coronel, já estou pronto para atravessar o rio.

Bento levantou-se e contemplou o jovem Sílvio, que vestia roupas secas e trocara as botas por outras russilhonas, quase brancas, que deviam pertencer ao pai.

– Muito bem, cabo. Aqui está a mensagem para o compadre. Onde está esperando o barco?

– Na prainha perto da olaria.

– Pois então vá com Deus. Amanhã, se assim Ele desejar, nos veremos em Porto Alegre.

Sem olhar para trás, Sílvio abriu a porta e desapareceu na madrugada escura. Isabel Leonor passou um xale pela cabeça e saiu para a rua.

O vento fazia dançar os galhos do cipreste, que já dominava o outeiro antes da construção da casa. Uma árvore de cemitério. Isabel Leonor sentiu um arrepio percorrer-lhe a espinha. Sua intuição lhe dizia que ainda teria muitas despedidas pela frente. Muitas lágrimas a chorar. Mas não era uma mulher covarde. Reunindo as forças, voltou para dentro de casa e sorriu para o coronel.

– Vou lhe trazer um café bem quente com pão novo. Pelo seu jeito, acho que não vai mais dormir.

No veleiro que atravessava o Guaíba, Sílvio Jardim agarrou-se ao mastro para não cair. A embarcação avançava inclinada para bombordo, a vela latina inchada como um balão. Para trás ficara a atual praia da Alegria, onde Gomes Jardim possuía uma charqueada. À frente estava a praia do Cristal, onde deixara o cavalo maneado e escondido num capão de mato. Seus olhos moços não olharam uma única vez para trás. Ansiado com o avançar da madrugada, fixava o leste com inquietação. Aos poucos, a claridade começou a surgir e revelar o contorno dos montes. Sílvio tinha vontade de esporear o barco e fazê-lo correr mais sobre as águas encrespadas. Mas o barqueiro mantinha-se calmo, segurando o leme. Com o cachimbo apagado preso nos dentes, sua fisionomia barbuda foi-se revelando aos poucos na luz leitosa do amanhecer.

Nascia o sol do dia 20 de setembro de 1835. O sol que brilharia nas lanças e espadas dos farroupilhas, em marcha sobre Porto Alegre. Recebida a mensagem de Bento Gonçalves, Onofre Pires e Gomes Jardim movimentaram seus homens em direção à Várzea, atual Parque Farroupilha. Na ausência de Sílvio, toda a Guarda Municipal Permanente, com exceção dos comandantes e do corneteiro, havia desertado e aderido aos farroupilhas. Eram agora mais de duzentos homens que marchavam sobre a capital.

Entrincheirados nas velhas muralhas da cidade, que se estendiam da Praça do Portão à atual Avenida Independência, os soldados do 8º Batalhão acompanhavam atentamente a progressão dos atacantes. Pelo óculo de alcance, já o comandante identificara Onofre Pires, montado num cavalo tordilho, indócil e impetuoso como o cavaleiro. A seu lado, Gomes Jardim parecia pequeno, montado num crioulo rosilho de longas crinas. Metade dos liberais marchava a pé pelo capim alto, ainda queimado pelas geadas de agosto.

Ao chegarem à distância de um tiro de canhão, os farroupilhas formaram linha e prepararam-se para o ataque. Não seria fácil escalar os paredões das trincheiras, de onde apontavam os canos das armas imperiais. Os comandantes desembainharam as espadas, mas não chegaram a ordenar o ataque. A maioria dos soldados do 8.º Batalhão saltou as trincheiras e despencou-se ladeira abaixo, dando vivas a Bento Gonçalves. Em poucos minutos, marchavam lado a lado com os farroupilhas em direção ao Palácio do Governo.

Preparados para a fuga, Fernandes Braga e seus poucos fiéis embarcaram precipitadamente na escuna Rio-Grandense. Graças ao zelo de Pedro Chaves, os dinheiros da família e da Província já estavam seguramente guardados dentro da embarcação. A escuna desprendeu-se do cais e, aproveitando o vento favorável, não tardou a sumir em direção ao estreito de Itapuã.

No dia seguinte, Bento Gonçalves entrava em Porto Alegre sob a aclamação do povo, que se apinhava pelo seu caminho. A Câmara Municipal, dentro das suas atribuições legais, considerou vago o cargo de Presidente da Província e nele empossou o 4.º vice-presidente, o farroupilha Marciano Pereira Ribeiro. Os outros três vice-presidentes haviam dado parte de doentes na hora da convocação.

Quatro dias após a invasão de Porto Alegre, Bento Gonçalves fez imprimir um manifesto na tipografia do *Recopilador Liberal,* o jornal mais aguerrido dos farroupilhas. Depois de historiar as razões do movimento armado, convocou os rio-grandenses para a manutenção da ordem e da liberdade:

Cumprimos, rio-grandenses, um dever sagrado repelindo as primeiras tentativas de arbitrariedade em nossa querida pátria; ela nos agradecerá e o Brasil inteiro aplaudirá o vosso patriotismo e a justiça que armou vosso braço para depor uma autoridade inepta e facciosa, e restabelecer o império da lei. Compatriotas, eu acrescentarei à glória de haver sido em outros tempos vosso companheiro nos campos de batalha e haver-vos conduzido contra vossos inimigos externos, a glória ainda mais nobre e perdurável de haver concorrido a libertá-la de seus inimigos internos e salvá-la dos males da anarquia. O governo de facção desapareceu de nossa cena política, a ordem se acha restabelecida. Com este triunfo dos princípios liberais, minha ambição está satisfeita, e no descanso da vida privada a que tão somente aspiro, gozarei o prazer de ver-vos desfrutar os benefícios de um governo ilustrado, liberal e conforme com os votos da maioria da Província. Respeitando o juramento que prestamos a nosso código sagrado, ao trono constitucional e à conservação da integridade do Império, comprovareis aos inimigos de nosso sossego e felicidade que sabeis preferir o jugo da lei ao dos seus infratores, e que ao mesmo tempo nunca esqueceis que sois os administradores do melhor patrimônio das gerações que nos devem suceder. Que esse patrimônio é a liberdade, e que estais na obrigação de defendê-la à custa de vosso sangue e de vossa existência. A execração de nossos filhos cairá sobre nossas cinzas, se por nossa desmoralização e incúria lhes transmitirmos este sagrado depósito desfalcado e corrompido. E suas bênçãos nos acompanharão no sepulcro se lhes deixarmos o da virtude e do patriotismo.

Porto Alegre, 25 de setembro de 1835.
Bento Gonçalves da Silva

A Reação dos Imperiais

O vilarejo do Herval desaparecia na neblina daquela madrugada chuvosa. Povoado de uma capela curada, com algumas poucas casas de pedra e muitos ranchos de barro cobertos de capim, situava-se a escassas quatro léguas da fronteira do Uruguai. A qualidade dos campos e a abundância de aguadas aumentaram muito a gadaria dos estancieiros locais. Tropas de bois gordos, batendo os enormes chifres, transitavam de novembro a maio em direção às charqueadas de Pelotas. Dali, pelo rio São Gonçalo, chegavam à Lagoa dos Patos e da lagoa ao porto do Rio Grande. Pelo oceano, a carne seca e salgada era levada às cidades litorâneas de todo o Império do Brasil. Alimento base dos escravos das minas e dos canaviais, o charque era também consumido pelos marinheiros e pela população mais pobre, principalmente no Nordeste. Junto com o couro e o sebo, garantia a renda dos estancieiros e fazia brotar as primeiras casas de comércio ao redor da praça do vilarejo. O progresso começava a se deixar ver na abertura de novas ruas e no acúmulo de gente nas festas religiosas. Nessas ocasiões de gala, homens e mulheres desfilavam pela praça embandeirada, apertados em suas roupas de domingo.

Roupas tecidas e costuradas muito longe dali e trazidas legalmente de Pelotas ou contrabandeadas de Montevidéu.

Mas, como dizia, naquela madrugada chuvosa de 22 de setembro de 1835, o vilarejo do Herval desaparecia no meio da neblina. Duas horas antes do clarear do dia, o vento sul começou a varrer a coxilha alta e a descobrir as casas e as estrelas. Numa dessas casas, a maior e mais imponente de todas, o filho mais velho do tenente-coronel João da Silva Tavares foi acordado com brusquidão.

– Acorda, Joca. Eta, rapaz dorminhoco!

– Que houve? Que horas são?

– São horas de caçar tatu.

O jovem João Nunes da Silva Tavares, de dezoito anos, abriu os olhos de má vontade e arregalou-os de imediato. O rapaz que o acordara trazia uma espada à cinta e um candeeiro na mão. A sombra enorme da espada se projetava na parede nua.

– Caçar tatu de espada? Que loucura é essa?

– É para cutucar o bicho no fundo da toca. Levanta e chega de conversa.

Joca Tavares sentou-se na beira da cama e olhou feio para o primo Silvestre Nunes.

– Desembucha logo o que está havendo.

Silvestre parou de sorrir.

– Teu pai e o tio Pedro estão juntando gente para guerra. Parece que os farroupilhas tomaram Jaguarão.

– Minha Nossa Senhora! Por que não me acordaste logo?

Saltando da cama de ferro, Joca enfiou as calças e calçou as botas de camperear. Era de estatura baixa e de ombros largos, como o pai. Silvestre, pouco mais velho que o primo, era mais alto e esguio.

– Lava logo esse focinho e pega tuas armas. Vou te esperar no galpão.

– Já estou quase pronto. Não vale a pena acender outra luz.

No mesmo quarto, os irmãos mais moços, Facundo e Joaquim, dormiam sossegadamente. No quarto ao lado, as três irmãs, Gertrudes, Umbelina e Ludovina, cochichavam no escuro. Acordadas pelo barulho que vinha da sala e da cozinha, discutiam se deviam esperar a mãe ou procurar por ela. No quarto dos pais, começou o choro estridente de uma criança de peito. Do lado da janela, ouviam claramente o ruído dos cavaleiros que chegavam ao pátio interno. Tude, a irmã mais velha, espiou por uma festa da janela.

– Há horrores de cavalos aí no pátio. O Joca e o Silvestre estão indo para o galpão.

– Chega pra lá que eu também quero ver.

– Volta pra cama, Biloca. A Duvica também!

No galpão dos fundos da casa, um fogo grande clareava meia-dúzia de rostos barbudos. A chuva parara, mas o vento entrava forte pelas frestas do pau a pique, fazendo dançar as chamas e a fumaça. Era um fogo de chão. Ao redor dele, homens emponchados falavam em voz baixa, quando falavam. Nos silêncios compridos, ouvia-se claramente o roncar da bomba no fundo da cuia de chimarrão. Não havia chaminé nem outra saída para a fumaça, a não ser as frinchas das paredes ou a porta quando se abria. Por isso o teto era negro de picumã e o cheiro grudento do galpão andava léguas com quem dali saía.

Atravessado o pátio interno, cheio de cavalos maneados, Joca e Silvestre entraram no galpão. Poucos cumprimentos, mais grunhidos do que palavras, alguns acenos de cabeça. Na falta de bancos, todos ocupados, acocoraram-se junto ao fogo, esperando a volta do mate. Pedro Nunes, cunhado do tenente-coronel João da Silva Tavares, entrou logo em seguida, deixando a porta escancarada.

– Mas que diacho! Todo mundo embolado e triste na beira do borralho. Parece até velório!

Seis rostos barbudos e dois imberbes olharam com espanto para o homenzarrão. Pedro deu uma gargalhada, apontou um dedo para Silvestre e outro para a porta.

– Vai com o Joca lá na cozinha e peçam à Umbelina um costilhar de carne gorda. Gaúcho sem carne é como mulher sem úbere. Fica mais murcho que capadura de boi velho.

Em poucos minutos, o galpão transformou-se. Estimulados pelo bom humor de Pedro Nunes, os outros homens se deixaram contagiar e logo conversavam alegremente em volta do churrasco em andamento.

Acordados no meio da noite com a notícia da revolução haviam pegado suas armas e acorrido ao apelo de Silva Tavares. Mas o coronel ainda não aparecera no galpão, ocupado que estava em organizar a resistência. Quase todos ali eram parentes e moravam na vila. Com exceção de um jovem magro, de barba alourada e grandes olhos azuis. Era o mensageiro que viera de Pelotas com a carta do major Manuel Marques de Souza, relatando a tomada de Jaguarão pelos farroupilhas e os boatos que corriam de que Bento Gonçalves já teria invadido Porto Alegre.

– Por boatos não me interesso, mas conta no mais como se deu a coisa em Jaguarão.

O moço louro, meio encabulado, sorveu o último gole do mate e passou a cuia ao cevador.

– *Bueno*, parece que a coisa lá foi uma arapuca. No dia 19 passado, faz dois dias, o povo de Jaguarão foi para a beira do rio, comemorar a independência. Parece que o atraso desde o dia 7 de setembro foi manobra dos farroupilhas.

– Na certa que foi.

– Pois daí, a graudagem comeu e bebeu a la farta nos dois lados de uma mesa comprida, feita com tábuas que os negociantes amontoam depois da travessia. Diz que carne e vinho rolavam como nunca. Lá pelas tantas, já todo mundo com a cabeça cheia de trago, começaram os brindes. Um subia num banco e dava vivas ao príncipe Dom Pedro; um outro, brindava o Regente; um terceiro o Presidente Braga. Foi nessa hora, parece que tudo mandado pelo coronel Bento Gonçalves, que um liberal pulou para cima da mesa e deu vivas à revolução e a seu chefe. Foi um Deus nos acuda!

– Dá pra imaginar. E daí?

– Daí, os farroupilhas, que só fingiam que estavam bebendo, prenderam todos os conservadores da cidade sem dar um tiro.

– Oigaletê, coisa bem linda!

Todos olharam espantados para Pedro Nunes. Seu irmão, Jerônimo, interpretou o pensamento geral.

– Mas afinal, Pedro, de que lado é que nós estamos?

O homenzarrão levou a guampa de cachaça aos lábios grossos e sorveu-a gulosamente. Depois encarou o irmão.

– Do lado do Brasil, é claro. O João já cansou de nos prevenir de que toda essa baboseira de revolução só vai servir para nos dividir. E os castelhanos só estão esperando esse aparte para nos atacarem como gafanhotos.

– Então, por que esse entusiasmo com a vitória dos farroupilhas?

– Porque são gente como nós, gente valente. Pelear contra eles vai ser uma coisa linda. Agora, quanto a esses capados que entregaram a rapadura sem dar um tiro, sem um talho de adaga, eu só posso achar que são maulas, estejam ou não do nosso lado.

O silêncio voltou ao galpão. A gordura da carne começou a chiar debaixo da trempe. O cheiro bom desviou os olhos de todos para o churrasco. Jerônimo Nunes dirigiu-se ao mensageiro de Pelotas.

– Ainda que mal pergunte, o amigo não é destas bandas, por certo?

– Não, senhor. Sou filho de imigrantes alemães.

– Alemão?! Mas fala língua cristã perfeitamente.

– Meu pai morreu no navio que nos trazia para Porto Alegre. Minha mãe chegou comigo na Feitoria e mais cinco irmãos. Uma semana depois, morreu de picada de cobra. Entregaram-nos para outras famílias. Eu tive sorte. Foi o major Marques quem me criou.

Jerônimo deu uma fungada e praguejou para a fumaça. Joca dirigiu-se ao mensageiro.

– Por que não dorme um pouco? Deve estar louco de cansado.

– Obrigado. Mas não carece. Só estou esperando a resposta do coronel. Meu padrinho pode precisar de mim. Há muitos farroupilhas em Pelotas.

Pedro Nunes estendeu-lhe a guampa de cachaça.

– Pois então beba um trago. Não demora o assado está pronto. Uma barriga cheia vale por um sono.

Silvestre olhou curioso para o tio.

– Só tinha ouvido isso ao contrário.

– Pois então vira de novo pelo avesso.

Pedro Nunes levantou-se, abriu a porta do galpão e saiu para o pátio calçado de pedras irregulares. Algumas nuvens de chuva ainda rondavam pelo céu. Baixou a cabeça para entrar pela porta da cozinha e dirigiu-se à sala grande, onde estava o cunhado.

Naquela sala quadrangular, com porta e janelas abrindo para a praça, tinha se dado o encontro decisivo entre Silva Tavares e Bento Gonçalves. Há muito o chefe liberal tentava atrair seu amigo e compadre para a revolução e viera visitá-lo no Herval para a última tentativa. Silva Tavares não era um retrógrado; militar de carreira invejável lutara nas duas guerras da Cisplatina, sempre recebendo promoções e elogios pela sua conduta. Eleito deputado à recém-outorgada Assembleia Provincial, aderira de imediato ao bloco dos liberais. Por essa razão, Bento Gonçalves viera lhe cobrar a coerência política.

– Incoerente eu? Mas por quê? Por não aceitar a separação do Rio Grande? Alguns trocariam esse adjetivo pelo de patriota.

– Ninguém está querendo essa separação. O que todos desejamos, nós os liberais, é maior autonomia administrativa. Vamos esquecer um pouco a política e falar na economia. Este ano, os créditos da Província vão atingir em volta de 800 contos de réis. Nossas despesas ordinárias não alcançarão os 600 contos. Somos assim, tranquilamente, autossuficientes. Mas uma lei imperial assassina nos obriga a reter apenas 111 contos e 350 mil-réis para fazer frente a TODAS as nossas despesas anuais. Por essa razão, nós vivemos na miséria, enquanto a Corte esbanja no Rio de Janeiro. O trabalho dos rio-grandenses só serve para sustentar o fausto, as extravagâncias de ministros dilapidadores.

Silva Tavares pegou a cuia que Bento lhe estendia e encheu-a de água, cuidadosamente.

– Concordo com tudo isso. Somos tão explorados como no tempo de Portugal.

– E até mais. Enquanto o governo de Buenos Aires suprimiu o imposto sobre exportação de charque e couros, o nosso foi aumentado para 600 réis por arroba. Em tudo pagamos o duplo do dízimo, como se nos quisessem castigar. Justamente nós, que guardamos a fronteira à custa do nosso sangue e dos nossos bens. Agressor ou agredido, o governo sempre nos faz marchar à frente. Sempre disparamos o primeiro tiro de canhão e somos os últimos a deixar o campo de batalha. Longe do perigo, dormem as demais províncias, enquanto nossas mulheres e nossos filhos são presas do inimigo, arrebatados, mortos, muitas vezes trucidados inutilmente.

– Sei disso muito bem, compadre. Pode ter certeza que o entendo. Quer mais um mate?

– Já agradeci, obrigado. Posso estar chovendo no molhado, falando dessas coisas que lhe são tão conhecidas, mas estou aqui em busca da sua espada. Poucos oficiais, poucos homens há nesta Província que me mereçam tanto respeito e amizade.

– Obrigado. Também eu o tenho em alta estima.

– Anseio por tê-lo ao meu lado na revolução. Por que se obstina em não me acompanhar? Todos os nossos velhos camaradas estarão comigo.

Silva Tavares largou a cuia de chimarrão no descanso de madeira e encarou o amigo demoradamente. Bento resistiu tranquilo ao olhar inquisidor.

– Saiba, amigo Bento, que acredito na sua honestidade, no seu idealismo. Sei que o continente vem sendo explorado e vilipendiado pelo Império e tudo farei por maior autonomia e liberdade. Tudo, menos ajudar a separar o Rio Grande do Brasil.

Bento Gonçalves sacudiu a cabeça, desconsolado.

– Nunca lhe falei em separação.

– Pode até não desejá-la, mas será uma consequência lógica. E isolados, lutando contra o Brasil, seremos fatalmente atraídos e anexados por Buenos Aires. Nosso charque não terá mais impostos, mas deixaremos de ser brasileiros.

O chefe liberal levantou-se e estendeu a mão para Silva Tavares.

– Então me despeço. Respeito sua opinião, mas conservo a minha. Não aceitarei inerme a decomposição do Rio Grande.

Silva Tavares apertou firmemente a mão do amigo.

– Pode partir tranquilo. Minha lealdade me fará guardar segredo sobre a conspiração. Fique, porém, sabendo que, declarada a revolução, serei dos primeiros a desembainhar a espada para combatê-lo.

Silva Tavares pensava nessa entrevista quando Pedro Nunes irrompeu na sala, arrancando-o da divagação.

– Acho que está na hora de movimentar os homens. Estavam amontoados como bosta de capincho lá no galpão. Fui lá e alegrei um pouco a moçada. A maioria nunca entrou numa guerra. É bom que a gente comece logo, para apartar os que peleiam dos que se mijam.

Silva Tavares sorriu.

– Estava terminando a carta para o major Marques. Agora estou pronto. Vamos deixar três homens com o Serafim para guardar a casa. Ele vai abrir seteiras em algumas paredes, para facilitar a defesa.

– E nós? Vamos para onde?

– Vamos nos esconder aqui por perto e esperar pelo ataque. Já mandei dez homens nos esperarem nas pontas do arroio Telho.

– No mangueirão da tapera?

– Ali mesmo. Caso nos ataquem por lá, teremos a cerca de pedra como proteção. Mas o mais certo é que atacarão aqui mesmo.

O coronel lacrou a carta e levantou-se. Sua cabeça dava pelo queixo do cunhado. Mas tudo nele era grande, fora a estatura. Os ombros largos, as mãos poderosas. Aos quarenta e cinco anos, somente a calvície denunciava sua idade. Habituado ao mando, seus gestos eram cortantes e decididos.

– Vamos embora. Temos de estar no Telho antes de clarear o dia.

– Acha que há espiões na vila?

– Numa revolução, cada um escolhe seu lado. Não é como na guerra contra o estrangeiro. Teu primo Marcelino Nunes, por exemplo, estou certo que irá acompanhar os farroupilhas.

Pedro engoliu o palavrão em respeito à irmã que entrava na sala. Umbelina Nunes não era uma mulher bonita. Os muitos filhos haviam-lhe sugado a mocidade. Mas possuía muita dignidade no rosto marcado de rugas precoces. Beijou discretamente o marido, abraçou o irmão e fez uma única pergunta.

– O que devo fazer com as crianças?

Silva Tavares olhou a mulher com carinho.

– Ninguém deve sair de casa. Sob nenhum pretexto. Portas e janelas devem continuar trancadas. O capitão Serafim ficará aqui com o Joca, o Silvestre e mais um homem. Bastarão para distrair os atacantes, até que os peguemos pela retaguarda.

– Não há perigo deles... deles invadirem a casa?

– Nenhum perigo. Perigo haveria se nós todos ficássemos presos aqui dentro, cercados pelo inimigo.

– Está bem. Então vá com Deus.

– E eu? Também posso ir com Deus?

Umbelina sorriu, malgrado seu.

– Tu também, Pedro. Teu homônimo O negou três vezes e Ele continuou a estimá-lo.

Seis horas da manhã. O sol levantava-se tímido atrás dos cerros. Pelo campo molhado, as patas dos cavalos deixavam marcas profundas. Eram cerca de trinta cavaleiros e marchavam cautelosamente. Haviam mandado um *bombeiro* na frente para sondar o movimento da vila. Tudo calmo. O *bombeiro* voltou e falou em espanhol com o chefe do grupo. Este era um homem grandalhão e montava um cavalo bragado. Devia ser amilhado, porque suava espumando com o peso do cavaleiro. O chefe do grupo tirou o poncho molhado e atravessou-o na garupa. Puxou da pistola e verificou a carga. Alguns dos cavaleiros o imitaram. Outros desmontaram e reapertaram os arreios. O mais velho de todos, com os cabelos brancos quase pelos ombros, firmou bem o chapéu preto na cabeça e pegou na mão direita uma lança inteiriça, toda de ferro. O grandalhão do cavalo bragado gritou qualquer coisa e o grupo se pôs em movimento.

Na casa de Silva Tavares, os quatro homens mantinham-se de tocaia, os canos das armas apoiados nas seteiras improvisadas. As mulheres cumpriam suas tarefas de rotina, evitando sair para o pátio interno. No cercado dos fundos, duas vacas deixadas sem ordenhar mugiam insistentemente. Os meninos, Facundo e Joaquim, de onze e dez anos, brincavam com gado de osso no chão lajeado da cozinha. Os pirralhos ainda estavam trancados no quarto do casal.

– Será que eles vêm mesmo?

Joca olhou de soslaio para o primo Silvestre.

– Se o papai disse que vêm, é porque vêm.

– Joca?

– O que é?

– Queria te confessar uma coisa.

– Não vai me dizer que tu estás com medo.

– Nada disso. É um segredo de guerra. Só entre nós.

– Desembucha.

– Eu gosto da Biloca. E ela gosta de mim.

– Tá certo. Mas isso não é comigo. Vocês vão ter que se ver é com o papai.

Umbelina, apelidada Biloca, a irmã do meio, tinha dezesseis anos. Ignorando o amor do primo Silvestre, estava preocupada em colher ovos para o almoço. Duas galinhas costumavam botar no galpão, dentro duma barrica. A mocinha saiu sem ser percebida para o pátio interno e empurrou a porta escura de picumã. Umas poucas brasas ainda brilhavam no fogo de chão. A luz do sol entrava pelas frinchas da parede. Biloca caminhou em direção à barrica. Quando segurava triunfante o ovo ainda morno, começou lá fora o tiroteio.

Surpreendidos pela descarga conjunta dos quatro defensores da casa, os assaltantes se espalhavam buscando proteção. O capitão Serafim fora escolhido por Silva Tavares por sua experiência e pontaria. No segundo tiro acertou um dos atacantes no braço. Joca e Silvestre atiraram com muita pressa e trataram de recarregar as armas. O quarto homem mantinha-se atento nos fundos da casa.

No acampamento do arroio Telho a reação foi imediata. Ao ouvir os primeiros tiros, os legalistas se foram aos cavalos e galoparam a toda brida em direção à vila. Silva Tavares montava um baio sebruno, alto e solto de patas. Logo atrás dele corriam os irmãos Pedro e Jerônimo, um num rosilho, outro num mouro. Os demais se alinhavam na retaguarda, alguns instigando as montarias com as esporas.

Num ângulo da praça, os atacantes se agrupavam em torno do homem do cavalo bragado. O velho da lança de ferro segurava com dificuldade a montaria que se empinava, excitada pelo tiroteio. O homem ferido estava sendo atendido por dois populares; farroupilhas por certo. Um deles aproximou-se do chefe dos assaltantes e falou-lhe alguma coisa, gesticulando muito.

– Aquele cachorro deve estar contando para eles onde estão papai e os outros.

– Traidor desgraçado!

– Não adianta atirar, meninos! Eles estão longe demais.

Prevenidos da emboscada, os atacantes decidiram retirar-se. A trote largo, atravessaram a vila e rumaram em direção do passo do Centurião. Os dois farroupilhas que os haviam ajudado trataram logo de se esconder pelos matos das vizinhanças. Quando Silva Tavares e os seus adentraram o Herval, os quatro defensores da casa já os esperavam a cavalo. O capitão Serafim Caetano foi o primeiro a falar.

– São uns trinta homens. Fugiram em direção ao sul.

– Vamos atrás deles!

A perseguição durou algumas horas. A ponto de meio-dia, cruzaram pela estrada com um peão do estancieiro Camilo Campello, farroupilha confesso. Joca era amigo desse peão, chamado João Simplício, e resolveu abordá-lo. Assim ficou sabendo que os atacantes eram uruguaios comandados pelo famoso coronel Rafael Verdun, o grandalhão do cavalo bragado.

– Não é de se acreditar.

Silva Tavares ficou estarrecido. Verdun se dizia seu amigo e muitas vezes o alimentara e escondera quando homiziado no Brasil. Ainda uma semana antes, ele estivera no Herval pedindo-lhe ajuda financeira e lhe tomara seis onças de ouro por empréstimo.

Pedro Nunes arreganhou os dentes e dilatou as narinas.

– É ver para crer! Vamos atrás dessa canalha.

Já próximos ao passo do Centurião, enxergaram os fugitivos. Baseado nas informações de João Simplício, Joca Tavares os foi identificando para o pai.

– O do cavalo bragado, com o poncho atravessado na garupa, é o coronel Verdun. O da esquerda, com a lança na mão, é o francês, coronel Echeveste. Os outros junto deles são o major Rolim, o capitão Patrício e o *Paja-Larga*, aquele castelhano bandido que já esteve lá em casa.

Silva Tavares fechou a carranca. Todos os adversários nomeados pelo filho eram guerreiros comprovados. Restava saber se estavam com disposição de luta. Antes de ser visto, decidiu separar dez homens e os deixou escondidos num capão de mato, sob o comando de Serafim Caetano. Depois avançou com os doze restantes. Percebendo a aproximação do inimigo, Verdun levantou um braço e fez parar os seus trinta cavaleiros. Todos fizeram cara-volta e se alinharam no topo de uma coxilha pedregosa.

– E agora?

– Agora vamos mandar um emissário, propondo-lhes que se retirem de imediato pela fronteira, se não quiserem ser atacados.

– Bobagem! O melhor é carregar logo por cima desses cornetas.

– Calma, Pedro, eles estão numa posição muito melhor que a nossa; deixa comigo que eu entendo do ofício.

Silva Tavares escolheu Francisco Feijó, um dos barbudos que estivera no galpão pela madrugada, para levar o recado a Verdun. Feijó aceitou a missão sem pestanejar. Os companheiros ficaram a observá-lo subindo a coxilha, o pala branco atirado sobre um ombro. Verdun o recebeu com grandes gestos e logo o despachou de volta. Sob a expectativa geral, Feijó voltou no mesmo tranco descansado.

– Estão confabulando. Vão mandar a resposta pelo João Simplício.

Silva Tavares mordeu o beiço, já arrependido de ter enviado o emissário. Seu cavalo baio mantinha a cabeça alta e as orelhas em pé, como adivinhando a tensão do momento. Pedro Nunes sorria, antegozando o combate. Os demais não tiravam os olhos de João Simplício, que se aproximava com a resposta de Verdun.

– E daí? O que ele responde?

– O Coronel Verdun mandou lhe dizer que agradece a proposta, mas acha que, já que estamos tão perto, não devemos desistir de brigar.

– Pois diga a esse castelhano de merda que se prepare; vou até lá!

E sem esperar que o peão levasse a mensagem, Silva Tavares juntou o baio nas esporas e carregou coxilha acima, de espada na mão. Atrás dele corria Pedro Nunes, berrando como um índio charrua. Joca, Silvestre, Jerônimo e os outros sete hervalenses seguiram a galope nas pegadas dos comandantes.

Verdun esperou o ataque sem sair do lugar. Quando a distância foi suficiente, ordenou o tiroteio e logo a seguir a carga. Galopando morro abaixo, os orientais levavam vantagem e já no primeiro entrevero derrubaram dois homens de Silva Tavares. A gritaria era infernal. Cavalos se chocavam peito a peito. Cada um cuidava de si mesmo naquela confusão medonha. Obrigado a recuar, Tavares gritou a seus homens para o seguirem. Verdun e Echeveste partiram logo, com sua força quase intacta, ao encalço dos fugitivos.

No capão de mato onde estava escondido, Serafim Caetano entendeu a manobra de Silva Tavares e tratou de controlar seus homens para não saírem cedo demais em auxílio dos companheiros. Sopesando sua lança, marcou o coronel Verdun, que liderava os perseguidores. Quando passaram junto ao capão de mato, a lança de Serafim voou certeira contra o peito do coronel uruguaio.

Logo a situação se inverteu. Surpreendidos pelo ataque inesperado e pelo ferimento de Verdun, os orientais suspenderam a perseguição e trataram de vender caro a vida. Silva Tavares desmontou o *Paja-Larga* com um golpe de espada; Pedro Nunes parecia estar em todos os lugares ao mesmo tempo, cortando e berrando como enlouquecido. O coronel Echeveste caiu com um balaço certeiro na têmpora e Pedro tomou-lhe a lança de ferro. Com ela na mão, redobrou sua fúria contra os inimigos. O cavalo bragado estrebuchava, com os intestinos espalhados pelo chão. Muitos homens estavam fora de combate. Os invasores sobreviventes fugiram a galope em direção ao sul.

Assim, de repente, o silêncio voltou. No alto do céu azul, dois urubus começaram a voar em grandes círculos, perdendo altura. Na terra, os vencedores socorriam os feridos, identificavam os mortos. Joca Tavares apeou-se ao lado do cadáver de Silvestre Nunes e começou a soluçar. Jerônimo vomitava sangue, amparado por Serafim Caetano, e não tardou a morrer. Pedro Nunes estourou os miolos do cavalo bragado, que ainda pateava em desespero.

Os legalistas haviam vencido sua primeira batalha. Quatorze invasores orientais foram enterrados numa fossa comum.

A República Rio-Grandense

Entardecia. Um bando de avestruzes pastava na coxilha do Seival. Seus pescoços flexíveis subiam e desciam, à medida que caminhavam lentamente. Para a esquerda, prosseguia o trilho das carretas em direção a Pelotas. Esboço de estrada, aqui e ali recoberta pelo capim alto. Para a direita, uma quantidade de árvores retorcidas, de poucas folhas e casca grossa, acompanhavam as margens do arroio Seival. Eram corticeiras, ou *seibos,* que davam nome a esse afluente do Candiota. Mais para trás, pousava no banhado uma revoada de garças brancas e flamingos rosados. Nenhum gado ou cavalo pelas imediações. Marcelino Nunes levantou o braço direito, sofrenou o cavalo zaino e fez parar os dois companheiros.

– Cuidado para não assustarem os nhandus. Vamos despontar essa coxilha e nos esconder naquele caponete, lá mais pra cima.

– Viu alguma coisa, capitão?

– Não vi, mas pressinto. Está tudo calmo demais.

O mais velho dos soldados piscou um olho para o outro, debochando. Mas isso só pelas costas do capitão. Os três cavaleiros fizeram um grande círculo e entraram no capão de mato. Apearam e puxaram os cavalos por um carreiro aberto pelo gado. Ainda havia estrume fresco no chão. Marcelino olhou para as copas das árvores. Um bando de marrecões passou voando alto, em direção ao sul.

– Está chegando a primavera. Graças a Deus.

– O que foi que disse, capitão?

– Nada, nada. Só estava resmungando. Escondam os cavalos perto daquele coqueiro e me esperem sem fazer barulho.

– Podemos fumar?

– Masquem fumo para passar a vontade. E deixem os cavalos pastarem. Mas não tirem os freios.

Virando as costas aos soldados, o capitão farroupilha subiu agilmente por umas pedras e voltou a ver os avestruzes, quase no mesmo lugar. Acomodou-se e ficou olhando a paisagem tranquila do entardecer.

Súbito, do lado contrário ao sol que se punha, um bando de quero-queros levantou-se do campo num gritar aflito. Prevenidos, os avestruzes pararam de pastar. O maior deles, certamente o líder do bando, ergueu mais alto a cabeça e entreabriu as asas de longas plumas. Os quero-queros voavam inquietos, redobrando os gritos. Os avestruzes começaram a correr em direção ao rio.

Marcelino abaixou-se mais entre as pedras e logo viu surgirem dois cavaleiros a galope. No mesmo lugar onde antes estavam os avestruzes, fizeram parar de chofre as montarias; dali, tinham visão ampla sobre os arredores. Um deles desmontou para arrumar os arreios e o outro ficou a olhar em volta, a mão em pala contra o sol. O que havia apeado custou um pouco a montar de novo, pelas voltas que o cavalo dava, atacado em voo raso pelos quero-queros. Praguejando em voz alta, saltou nos arreios de um pulo e partiu a galope atrás do companheiro, que voltava pelo mesmo caminho.

O capitão desceu do esconderijo e caminhou em direção do coqueiro. Seu cavalo zaino levantou a cabeça. Os outros continuaram a pastar. Os dois soldados ergueram-se ao mesmo tempo. Vestiam roupas comuns, de campeiros pobres. Bragas sujas caindo sobre as botas de garrão de potro. Chiripás esfarrapados. Ponchos de lã grossa atirados sobre um ombro. O mais velho deles cuspiu um naco de fumo e sorriu com maus dentes.

– Viu alguma coisa, capitão?

– Dois *bombeiros* caramurus. Deram uma espiada e voltaram. Certamente para avisar ao resto da tropa que o caminho está livre.

– E nós? Vamos ficar aqui?

– Vocês dois vão voltar ao Arbolito e avisar o coronel Netto de que fizemos contato com o inimigo. Eu vou esperar um pouco mais, para descobrir quantos são. Pelo jeito, vão acampar por aqui mesmo. Já está anoitecendo e o lugar é bom.

Os farroupilhas puxaram os cavalos para fora do mato, montaram e se foram em direção ao poente. Marcelino verificou a maneia do seu cavalo zaino e voltou ao posto de observação. Mal se acomodara entre as pedras, ouviu o rumor do exército imperial, que se aproximava. Relinchos de cavalos. Tilintar de metais. Rechinar de eixos de carretas. Os primeiros a aparecerem foram os mesmos dois observadores, seguidos de perto por um esquadrão de cerca de duzentos cavalarianos. Atrás da ondulação de lanças empinadas, surgiram as carretas, algumas carroças e a cavalhada de reserva. Fechando a marcha, outro esquadrão de cavalaria, um pouco maior que o da vanguarda.

Como previra o capitão farrapo, a hoste imperial fez alto na coxilha do Seival e o corneteiro tocou debandar. Marcelino sorriu ao ver os homens se espalharem, desencilhando cavalos, soltando as juntas de bois, amontoando lenha e erguendo as poucas barracas dos oficiais. À medida que o sol sumia no horizonte, surgiam os fogos espalhados pelo campo, como enormes pirilampos. A cavalhada foi levada a pastar na várzea, rondada de perto por cerca de trinta homens. Sentinelas foram espalhadas pelos arredores. O coração de Marcelino bateu mais forte. Uma das sentinelas se aproximava. O capitão segurou o cabo da pistola e passou a língua pelos lábios secos. O soldado imperial passou perto do capão de mato, mas seguiu seu caminho. Assobiava baixinho para se distrair.

Nove horas da noite. O acampamento perdeu muito do movimento do entardecer. Alguns homens ainda churrasqueiam. A maioria já dorme sobre os pelegos, a cabeça apoiada no lombilho. Em volta dos braseiros, ainda há muita carne assada enfiada em espetos de pau. Saindo da barraca do comando, o coronel Silva Tavares contempla o espetáculo com satisfação. Depois de quase um ano de guerra, vitorioso algumas vezes, derrotado outras, pela primeira vez conseguira reunir tantos homens. Agora só lhe faltava descobrir onde estavam os farroupilhas de Antônio Netto, para atacá-los. Sabia que andavam nas imediações. Era só uma questão de paciência. Respirou fundo e dirigiu-se para uma fogueira onde ainda havia movimento. De longe se ouvia o toque de uma viola e as gargalhadas de Pedro Nunes.

– Boa-noite! Parece que estão se divertindo...

Faz-se silêncio imediato. Só Pedro Nunes não se perturbou.

– Buenas, comandante! Aceita um trago?

– Não, obrigado.

Joca Tavares levantou-se e chegou ao lado do pai.

– Já comeu alguma coisa? O assado ainda está quente.

– Já comi lá na barraca. Aceito um mate.

Uma mão calosa estendeu a cuia para o coronel. Na volta do fogo, além dos mencionados, estavam Serafim Caetano, David Francisco e mais três oficiais graduados. Com a viola nos braços, Pedro Canga parara de tocar.

– Que é isso, tocaio? Tá encagaçado na frente do coronel? Canta outra tirana pra nós. O João também gosta.

Silva Tavares assentiu com a cabeça, mas manteve-se de pé, sorvendo o mate a curtos goles. Pedro Canga, bom guerreiro e melhor trovador, dedilhou a viola e continuou o improviso:

Coronel Silva Tavares
Mais a sua força armada
Vão meter fogo na cola
Do Netto e da farrapada!
Senhor Netto, vá s'embora.
Não se meta a capadócio,
vá tratar dos parelheiros,
que fará melhor negócio!

Todos riram com gosto. A alusão aos parelheiros, aos cavalos de corrida, era magistral. Realmente, o coronel Antônio Netto era um fanático por cavalos. E carreirista incurável.

Pedro Canga saboreou os aplausos e dedilhou a viola para prosseguir. Antes que iniciasse o verso, ouviu-se nítido o galope de um cavalo. Todos prestaram atenção ao som. A viola calou-se. Um dos *bombeiros* que Marcelino havia visto entrou a trote largo no acampamento e desmontou diante da tenda do comando. Silva Tavares apressou o passo a seu encontro. Com os outros nos calcanhares.

– Que houve, sargento Fagundes?

O sargento bateu continência e tomou fôlego. O cavalo suava e tremia, com tiques nervosos pela cabeça.

– Os farroupilhas... uns quatrocentos homens. Estão acampados no Arbolito.

– A que distância, mais ou menos?

– Não mais de uma légua.

– E a cavalhada?

– Pareceu-me boa. Muitos pelechados.

Pedro Nunes chegou perto do cunhado e falou-lhe junto ao rosto. Recendia a cachaça e fumo forte.

– Por que não atacamos logo esses cueputas? Agora mesmo de noite?

– Muito arriscado. Nessas alturas, é certo que eles também já nos localizaram. Uma légua é pouco para as tuas gargalhadas.

De fato, naquela mesma hora Marcelino Nunes entrava ao tranquinho no acampamento farroupilha. Na barraca do comandante, iluminada por grossas velas de sebo, Antônio de Sousa Netto ouviu-lhe o relato com atenção. Junto ao coronel, moço desempenado de apenas trinta e cinco anos, estavam dois oficiais do seu estado-maior: Manoel Lucas de Oliveira e Joaquim Pedro Soares. Lucas era também jovem, moreno claro, muito sorridente. Joaquim Pedro era mais velho, o rosto chupado, uma expressão meio desconfiada no olhar.

Terminado o relato e respondidas as perguntas mais importantes sobre a força inimiga e sua exata localização, Netto bateu amistosamente no ombro de Marcelino.

– Muito bem. Parece que desta vez a caça está à procura do caçador. Mas continua sendo caça.

Netto cofiou os bigodes negros, de pontas torcidas para cima. Não usava barba e trazia o cabelo penteado e o rosto bem escanhoado. Mantinha a cabeça alta e vestia um uniforme impecável de coronel da Guarda Nacional.

– Senhores! Vamos tratar de corrigir a situação e partir ao ataque. Alvorada às quatro da manhã e marcha batida ao clarear do dia. Alguma sugestão?

Ninguém tinha nada a sugerir. Lucas de Oliveira saiu logo a prevenir os outros comandantes de esquadrões. Marcelino também já ia se retirando, quando Netto o deteve. Os olhos brilhando de entusiasmo.

– Capitão Marcelino, como prêmio à excelente notícia que me transmitiu e ao risco que correu para obtê-la; vou colocar seu esquadrão à minha direita no momento do ataque.

Emocionado, Marcelino gaguejou apenas:

– Obrigado, coronel. Muito obrigado.

Quando o capitão saiu na barraca, Joaquim Pedro olhou desconfiado para o comandante.

– Esse Marcelino não é parente do Silva Tavares?

– É parente da mulher dele.

– E qual é o parentesco dele com aquele louco, o tal Pedro Nunes?

– São primos. Parece que foram muito amigos no passado. Por que todas essas perguntas?

– Acho estranho um capitão se oferecer para tarefa subalterna. E se ele foi lá só para nos trair? Para avisar os parentes?

Netto fulminou Joaquim Pedro com um olhar severo.

– Parentes estão se matando nesta guerra em todos os rincões do Rio Grande. Eu também tenho parentes do outro lado. E duvido que tu não tenhas também. Agora chega de bobagens e vamos dormir um pouco. E rezar agradecendo a Deus pelos quatrocentos cavalos que o João Antônio nos mandou na semana passada.

– Então, boa-noite, Antônio. Até amanhã.

– Boa-noite, Joaquim. Trate mesmo de dormir.

Sozinho na barraca, o coronel desabotoou o dólmã, sentou-se no catre e puxou as botas de montaria. Esfregou os pés doloridos e deitou-se sem tirar a farda. Não sentia sono, mas queria e iria dormir. Sabia a importância de se estar descansado, lúcido, na hora de uma batalha. Mas, antes de dormir, queria repassar de memória as informações de Marcelino sobre a coxilha do Seival. Já havia atravessado muitas vezes aquele rincão levando tropas para as charqueadas e, no último ano, guerreando. Conhecia o banhado que havia por perto, atoleiro brabo. Era preciso ter cuidado sobre isso e também sobre uma canhada que poderia servir de proteção aos imperiais, caso o combate se desse no local onde acampavam. E Netto estava certo de que seria lá o combate. Silva Tavares era um veterano e não iria acampar em qualquer lugar, sabendo os farroupilhas por perto. Depois pensou em Bento Gonçalves e nos apertos que estava passando depois que Bento Manuel Ribeiro o traíra e passara para o lado dos caramurus. Bento Gonçalves escrevera a Netto pedindo cavalos para a sua remonta e Netto agora estava apto para fornecê-los. Mas somente depois de passar por cima de Silva Tavares e dos caramurus. O sono começou a pesar-lhe os olhos. Levantou-se e soprou as velas. O cheiro de sebo queimado o desagradou. Empurrou a porta de lona da barraca e deu uma olhada no céu. Tempo firme. Dificilmente choveria pela manhã. Tranquilizado, Netto deitou-se no catre e fechou os olhos. Poucos instantes depois, ressonava regularmente.

Amanheceu o dia 10 de setembro de 1836. No acampamento do Arbolito apenas restavam alguns cavalos mutilados, uma carreta de roda quebrada, muitas marcas de fogo pelo chão. Nenhum farroupilha ficara para trás. A trote largo, Netto liderava seus homens em direção ao Seival. Montava um tordilho negro de peito amplo e crinas longas, domado por ele mesmo antes da guerra. Seus cavalarianos da 1.ª Brigada marchavam logo atrás, na mesma ordem em que iriam combater. O esquadrão dos capitães Marcelino Nunes e Firmino Alves à direita. O do centro, comandado pelos majores Bernardo Pires e Francisco da Costa. E o da esquerda, pelos tenentes-coronéis Manuel Lucas de Oliveira e Antônio Meireles.

Tempo limpo. O pampa verde a desdobrar-se em ondas regulares, a perder de vista. Vencida uma canhada, mesmo prevenidos, sentiram uma emoção estranha, uma contração de estômago, ao verem o exército inimigo estendido em linha para o combate. O próprio coronel Netto sofrenou o tordilho e levantou o braço direito. Os farroupilhas estacaram, os olhos fitos no enorme exército caramuru que se espalhava pela coxilha do Seival em linha cerrada, as bandeiras tremulando, as lanças em riste. A proximidade era tanta que Netto reconheceu Silva Tavares, montado num cavalo baio sebruno, comandando o esquadrão da ala esquerda. Uma sensação de orgulho encheu-lhe o peito. Novamente ergueu o braço direito e baixou-o de repente, ordenando o fogo.

De ambos os lados, troaram as clavinas. Revoada de aves brancas e rosadas levantou-se aos milhares do banhado. O cheiro de pólvora pareceu embriagar o chefe farroupilha. Arrancando da espada, gritou com voz poderosa a seus comandados:

– Não quero ouvir um tiro mais! À carga! À espada e lança!

E dando o exemplo, lançou o tordilho de rédea solta em direção às hostes imperiais. Ao mesmo tempo, Silva Tavares ordenou à carga, e seus lanceiros também partiram num galope louco ao encontro dos farroupilhas. Cavalos e homens se entreveraram em poucos segundos. A ala direita de Marcelino Nunes chocou-se contra a ala esquerda de Silva Tavares e levou-a de roldão. Ao mesmo tempo, David Pereira rechaçava o ataque de Lucas e Meireles e ganhava terreno sobre o flanco esquerdo dos liberais. Dessa forma, entrou em movimento de rotação lenta um imenso carrossel de combatentes. Um entrevero de centenas de homens e cavalos engalfinhados em luta feroz.

Por alguns instantes, alguns minutos talvez, a vitória manteve-se indecisa. Mas logo a fatalidade aliou-se à disposição tremenda com que Netto e seus homens haviam atacado. Silva Tavares defrontou-se com um soldado farroupilha e desviou-lhe a lança com a espada. A ponta da lança resvalou pela cabeça do cavalo, cortando no trajeto a cabeçada do freio. Com as rédeas inúteis nas mãos, o comandante imperial se viu levado para fora do entrevero no galope furioso do animal. Somente Pedro Canga, o trovador, viu que o chefe não abandonava a luta por sua própria vontade. Correu atrás do baio a todo galope, enquanto desprendia o laço e formava uma armada. Outros soldados e oficiais seguiram atrás de Silva Tavares, dando espaço aos farroupilhas para persegui-los. David Pereira, vendo que a ala esquerda fraquejava e fugia em direção ao norte, partiu corajosamente em seu auxílio. Mas o imenso carrossel continuava girando e David acabou caindo em cheio sobre o flanco de seus próprios companheiros. Estabeleceu-se a confusão e logo o pânico. O baio de Silva Tavares continuava correndo livremente em direção ao arroio Velhaco. Quando Pedro Canga conseguiu laçar o animal, a batalha já estava perdida. Silva Tavares ainda tentou deter seus homens em fuga, gritando de espada na mão. Mas os farroupilhas haviam tomado a iniciativa do ataque e não a perderam mais. Um a um foram tombando os últimos soldados imperiais que ainda lutavam. Mais de uma centena de corpos já estavam caídos na coxilha do Seival.

Sozinho num círculo de inimigos, Pedro Nunes viu Joca Tavares, um dos poucos que ainda lutavam cair prisioneiro dos farroupilhas. Ao tentar ir a seu auxílio, enterrou com tal força a lança no peito de um inimigo, que a arma entortou-se em suas mãos. Pedro pegou-lhe as duas extremidades e apertou a lança contra a cabeça do lombilho. Com força hercúlea, retesou os músculos e desentortou a arma que fora de Echeveste. Tudo isso gritando, blasfemando, desafiando quem o quisesse enfrentar.

De longe, Marcelino viu o primo espalhando gente a sua volta e aproximou-se a galope. Pedro também o reconheceu e gritou a plenos pulmões:

– Saiam da frente, cueputas covardes, que lá vem um homem!

Atemorizados pelas arrancadas de Pedro, que sozinho valia por dez homens, os soldados afrouxaram o cerco, esperando pelo ataque de Marcelino. No galope, o capitão farroupilha carregava firme, de lança em riste. Pedro deu uma gargalhada e passou a lança para a mão esquerda. Com a direita, desprendeu as boleadeiras, girou-as e lançou-as zunindo pelo ar. Atingido nas patas dianteiras, o cavalo de Marcelino rolou pelo chão. Perdendo a lança na queda, Marcelino levantou-se de espada na mão. Pedro já estava em cima dele e, no primeiro golpe de lança de ferro, quebrou-lhe a espada na altura dos copos. Como petrificados, os outros soldados assistiam ao combate. Desarmado, Marcelino esperou a última carga, sem sair do lugar. Pedro enterrou-lhe a lança no peito e de imediato, como se despertassem, os farroupilhas o atacaram de todos os lados. Ferido na cabeça por um tiro de garrucha, o gigante arregalou os olhos e rolou pelo chão.

Junto com Pedro Nunes, naquela tarde, foram amontoados para enterro 166 soldados e oficiais do Império. Mais de 150 prisioneiros, na maioria, feridos, foram amarrados e postos nas carretas. Entre eles, o major Caldwell, com um braço decepado e Joca, o próprio filho de Silva Tavares.

– E os nossos mortos e feridos?

– Apenas 8 mortos e 26 feridos, meu coronel.

– Meu Deus! Foi a nossa maior vitória nesta guerra.

Naquela noite, os farroupilhas acamparam em campos de Joaquim Meneses. Ali, no chamado Passo das Pedras, os vencedores comemoraram o grande feito até altas horas da noite. Na barraca do comandante, Netto olhava estarrecido para Joaquim Pedro e Lucas de Oliveira.

– Que história é essa? Expliquem melhor essa proposta! Vocês dois querem que eu, sem consultar o Bento nem coisa nenhuma, puxe a espada e proclame a República Rio-Grandense? Será que vocês beberam demais?

Joaquim Pedro levantou a mão direita em sinal de paz. Seu rosto chupado adquirira vida. Os olhos fundos brilhavam de emoção.

– Calma, Antônio, ninguém está te propondo nenhuma loucura. Nossa vitória de hoje foi total, esmagadora. Dificilmente surgirá um momento mais favorável. Que importa se não é o Bento Gonçalves que está nos comandando? Se fosse ele, não perderia esta oportunidade. Vamos proclamar a República agora, amanhã de manhã o mais tardar.

– Mas para quê? Que vantagem, teremos com isso?

Lucas de Oliveira respondeu com convicção.

– Todas as vantagens. Com a República, nós cortaremos de uma vez o cordão umbilical que nos liga ao Brasil. Seremos adultos, independentes, livres para ditar as nossas leis.

– Uma guerra não se ganha com leis; ganha-se com armas e cavalos.

Joaquim Pedro interferiu novamente.

– Pois essa é a maior razão para a nossa independência. Com a República, conseguiremos apoio dos países vizinhos, a começar pelo Uruguai. O presidente Oribe foi claro na resposta que nos deu, quando mandaste o teu irmão a Montevidéu. Ele disse que só nos ajudará quando nós tivermos uma bandeira própria. E nós continuamos combatendo com a mesma bandeira dos imperiais.

Netto aspirou longamente a fumaça do charuto, que quase apagara entre os seus dedos. Depois coçou a cabeça, indeciso.

– Posso até concordar com o que vocês disseram. Mas não me sinto com autoridade para um gesto tão definitivo. Vamos escrever ao Bento. Contar-lhe da vitória. Ele decidirá se é hora de nos separarmos do Brasil.

Joaquim Pedro olhou impaciente para o jovem coronel.

– Faz um ano que estamos separados do Brasil. Só uma federação republicana poderá nos unir de novo.

Netto desistiu de fumar e atirou o charuto apagado no chão.

– E será que todos na 1.ª Brigada estão de acordo? Será que todos são republicanos?

Lucas pegou o braço do amigo com afeição.

– Olha aqui, Antônio. É na hora que o ferro está quente que se deve bater. E o sangue do inimigo ainda está nas armas dos nossos homens. No calor da vitória, aceitarão qualquer proposta de um comandante que eles respeitam e admiram.

Joaquim Pedro resmungou do seu lado.

– Um comandante que eles não terão por muito tempo...

Netto fuzilou-o com um olhar altivo.

– Por quê? Por que eu deixarei de comandá-los?

– Porque, logo que o coronel João Manuel se curar do ferimento, ele será promovido a general e virá comandar a 1.ª Brigada. Tu és mais moço, terás de esperar.

Lucas encheu as bochechas e deixou o ar sair, num assopro.

– João Manuel de Lima e Silva, um carioca e irmão do ex-Regente, comandando a 1.ª Brigada. Quero ver como nossos soldados irão reagir.

– João Manuel é um liberal convicto. Ele mesmo me disse que é republicano.

– Pois, então? Somos todos republicanos. O que nos falta é uma república. Quem tiver mais coragem a proclamará.

A palavra coragem varreu as dúvidas de Antônio Netto. Covarde, ele? Isso a história não iria registrar. Já que Bento Gonçalves não estava ali, ele o saberia substituir à altura. Olhando calmamente para Joaquim Pedro e Lucas de Oliveira, perguntou-lhes:

– Como é que se proclama uma república?

Na manhã seguinte, diante de toda a 1.ª Brigada de Cavalaria em formatura, Joaquim Pedro Soares leu a seguinte proclamação, cuja notícia já havia filtrado e incendiado de entusiasmo o acampamento:

> *Bravos companheiros da 1.ª Brigada de Cavalaria:*
> *Ontem obtivestes o mais completo triunfo sobre os escravos da corte do Rio de Janeiro, a qual, invejosa das vantagens locais da nossa Província, faz derramar sem piedade o sangue dos nossos compatriotas, para desse modo fazê-la presa de sua ambição.*
> *Miseráveis! Todas as vezes que seus vis satélites se têm apresentado diante das forças livres, têm sucumbido, sem que esse fatal desengano os faça resistir de seus planos infernais. São sem número as injustiças feitas pelo governo. Seu despotismo é o mais atroz. E sofreremos calados tanta infâmia?*
> *Não! Nossos compatriotas, os rio-grandenses, estão dispostos como nós a não sofrer por mais tempo a prepotência de um governo tirânico, arbitrário e cruel como o atual.*

Joaquim Pedro suspendeu a leitura e correu os olhos pelos soldados. Em cada rosto barbudo havia a mesma expressão emocionada. Lágrimas já brilhavam nos olhos dos mais emotivos. Antônio Netto mantinha-se perfilado, o olhar perdido pelo pampa imenso. Seu cavalo tordilho, de peito largo e longas crinas, escarvava o chão com impaciência. Joaquim Pedro respirou fundo e gritou:

> Em todos os ângulos da Província não soa outro eco que o de: *INDEPENDÊNCIA, REPÚBLICA, LIBERDADE ou MORTE!*

Um clamor imenso respondeu ao grito de independência. Para aqueles homens rudes e valentes, o Brasil era apenas uma terra que se estendia para o norte do Rio Grande. Ninguém realizava com clareza onde era, como era essa terra dos outros brasileiros. Para lá mandavam o charque e as tropas de mulas. De lá recebiam leis arbitrárias, provocações, novos impostos. A terra daqueles homens, a terra onde viam nascer e se pôr o sol, era a da Província de São Pedro. Por ela estavam dispostos aos maiores sacrifícios.

No meio das manifestações de entusiasmo, Joaquim Pedro prosseguiu a leitura da proclamação:

Esse eco majestoso que tão constantemente repetis com uma parte deste solo de homens livres, me faz declarar que proclamemos a nossa independência provincial, para o que nos dão bastante direito nossos trabalhos pela liberdade e o triunfo que ontem obtivemos sobre esses miseráveis escravos do poder absoluto.

Camaradas!

Nós que compomos a 1.ª Brigada do exército liberal, devemos ser os primeiros a proclamar, como proclamamos a Independência desta Província, a qual fica desligada das demais do Império e forma um Estado livre e independente, com o título de República Rio-Grandense e cujo manifesto às nações civilizadas se fará competentemente.

Camaradas!

Gritemos pela primeira vez:
VIVA A REPÚBLICA RIO-GRANDENSE!
VIVA A INDEPENDÊNCIA!
VIVA O EXÉRCITO REPUBLICANO RIO-GRANDENSE!

Campo dos Meneses, 11 de setembro de 1836.
Assinado: ANTÔNIO DE SOUSA NETTO, coronel comandante da 1.ª Brigada de Cavalaria.

No Calabouço do Rio de Janeiro

O homem barbudo acordou em sobressalto. Banhado em suor. Um tique nervoso a lhe entortar a boca. Por alguns instantes, apertou os olhos fechados. Queria manter na mente a ilusão do sonho. O sonho em que dormira nos braços de sua mulher. Por duas vezes tinham feito amor. Com tanta verdade e paixão que o sêmen brotara espontâneo de suas entranhas. Ofegante, respirando pela boca, foi abrindo lentamente os olhos. No sonho, fora acordado pelo relincho de um cavalo. Saltara da cama, abrira a janela do quarto e ficara a contemplar o amanhecer. O cavalo que relinchara era um baio ruano montado por um negrinho. Por diante, tocava outros cavalos baios que galopavam em direção ao sol. Seu ordenança, o negro Nico, ria com dentes brancos e acenava para o negrinho. Quem seria esse menino? E esses cavalos baios? Nunca os vira na estância do Cristal. Desviou os olhos para a lagoa, seguindo uma fila de patos que avançava desengonçada. As águas rasas se encrespavam com o soprar do vento. O vento que azulava o céu e zunia nos seus ouvidos. O homem abriu os olhos, devagarinho. A escuridão era completa. Gotas de suor lhe salgavam a boca. Como receara ao acordar, ainda estava na prisão. Reconheceu o lugar pelo mau cheiro. Fechou os olhos novamente. Também estava escuro dentro de si.

Teimando em voltar ao sonho, o prisioneiro tateou com a mão direita pelo monte de palha onde dormia. Caetana não estava mais ali. Nunca havia estado como ele naquele calabouço. Nunca havia misturado seu perfume de mulher bonita com a podridão daquele lugar. Mas ele ainda sentia na boca o gosto dos seus beijos. Nas mãos emagrecidas o contato do seu corpo ardente, o macio dos seus seios fartos. O homem sentou-se na enxerga e abriu os olhos corajosamente. Preciso enfrentar a realidade; admitir que estou preso na Fortaleza da Laje a mais de mil milhas da minha estância do rio Camaquã. Não posso mais sonhar com a minha mulher. Nem esvair meu sêmen. Vou enlouquecer e perder as forças que me restam.

Estonteado, o prisioneiro levantou-se. Seus cabelos sujos roçavam o teto do calabouço. Apoiou um ombro contra a parede e foi acostumando os olhos com a escuridão. Do outro lado da cela, começou a perceber o quadrilátero da janela gradeada. Única entrada de ar naquele túmulo. Ainda tonto, caminhou dois passos até a lucarna. Era uma abertura de dois palmos de altura por dois de comprido. Um respiradouro aberto na muralha de quase uma braça de largura. Por ali, durante o dia, se enxergava uma nesga do mar. Na escuridão, só lhe escutava o ruído. Um leve bater das ondas contra as pedras. Despertos os ouvidos, começou a ouvir também o ressonar de seu companheiro de prisão. Virou-se e percebeu seu contorno amontoado no outro lado do cubículo. Pobre Boticário! Melhor que durma. E sonhe com a mulher, com os filhos. Já estou me sentindo melhor. É hora de trabalhar. As noites são curtas no Rio de Janeiro.

O prisioneiro pegou a lima que escondera num interstício da parede e apoiou-a contra a base de uma barra de ferro. A lima era de bom aço. Logo mordeu a superfície enferrujada e acomodou-se no sulco. O homem já lhe dominara o ritmo. Três, das seis barras da grade, estavam serradas.

Rio de Janeiro... Parece até mentira que estou enterrado debaixo desta cidade. Que o sol vai nascer daqui a algumas horas. Que vai mostrar todas as suas belezas. Cidade linda e colorida. Assustadora para quem vem da solidão. Será que era um pressentimento? Desde a primeira vez que estive aqui, senti uma sensação de inferioridade. Talvez por causa dos morros. Quase caindo por cima da gente. Ou pela noite súbita, sem pôr de sol. O calor derretendo o corpo. Os mosquitos infernizando as noites na estalagem. Sorriu do seu próprio pensamento. Pobres mosquitos perto das pulgas, dos percevejos, até dos escorpiões, que infestavam a Fortaleza da Laje. Seu corpo, agora desperto, começou a comichar imediatamente. Por que fui pensar nisso? Não posso mais me coçar.

Nos primeiros dias na prisão, ele coçara o corpo até tirar sangue. Depois, o Boticário o ensinara a controlar-se. E a economizar a aguardente que, misturada ao fumo, acalmava a ardência da pele. O Boticário, homem de ciência e arte, usava a filosofia para combater o medo, a fome, o desespero. Dizia que o cérebro é capaz de dominar todas as fraquezas. Sem bruxaria, pode adormecer a coceira, dominá-la, expulsá-la do corpo.

O homem barbudo continuou a serrar a grade. Quase sem ruído. Seu pensamento voando para o Rio de Janeiro que conhecera em 1833. Para uma manhã de sol no porto formigando de gente. Mercadores anunciando seus produtos. Negras gordas, vestidas de branco, oferecendo doces e salgados em seus tabuleiros. Escravos curvados ao peso de grandes fardos. Carretas de rodas maciças, diferentes das carretas do Rio Grande, levavam e traziam mercadorias pelo cais. Os bois de grandes chifres, mansinhos, defecavam e urinavam no meio do povo, que pisoteava tudo e seguia em frente. O porto do Rio de Janeiro era o umbigo do Brasil. Cordão umbilical que unia o império às províncias e aos países de além-mar. Veleiros de muitas bandeiras balouçavam ao vento que agitava as águas da baía. A mesma Baía da Guanabara onde dormia a Fortaleza da Laje. E onde o prisioneiro lutava para fugir da escuridão do cárcere.

O Boticário continuava a ressonar. O homem parou de limar a grade e cuspiu nas mãos, que o ócio tornara finas e sedosas. Maldita prisão! Vai-nos roendo aos poucos, como a ferrugem devora o ferro. Mas não é mais hora para o desespero. Logo estarei livre daqui. A coceira está voltando. Mas a lima já chegou a um terço da base desta grade. Tenho que liberar a mente. Para aquela estalagem pintada de azul.

Ainda o Rio de Janeiro de 1833. Na frente da estalagem, enchera os pulmões com o cheiro da maresia. Maresia que se misturava ao cheiro do café, da cana-de-açúcar, do couro curtido. De todas as mercadorias que eram embarcadas e desembarcadas dos navios. Na calçada estreita, frutas tropicais se amontoavam e rolavam podres pelo chão. Junto da porta, dois oficiais em primeiro uniforme aguardavam um fiacre que avançava pela rua barulhenta. O mais jovem deles, com os galões de major, tinha perfil aquilino e grandes olhos castanhos, quase à flor das órbitas. Era alto, magro e falava gesticulando muito.

– ... com o meu irmão. Convidá-lo para jantar é como um abraço de boas-vindas. Sua casa é o seu templo. Nunca a usou para fazer política. Há muitos ministros que roem as unhas e não são convidados.

O mais velho dos oficiais, fardado de coronel, não aparentava mais de quarenta anos. Pouco mais baixo que seu interlocutor, era mais forte e bem proporcionado. Seu cabelo começava a ficar grisalho nas têmporas. O rosto, bem escanhoado e emoldurado por longas suíças, ainda era o rosto de um jovem.

– Sinto-me honrado com o convite do senhor Regente. Mas sei que o devo muito mais a sua influência como irmão do que a meus próprios méritos. Não se esqueça de que fui chamado à Corte como acusado de subversão.

– Asneiras...

– Isso caberá ao Ministro da Justiça decidir. E todos dizem que o Padre Feijó é um osso duro de roer.

O major João Manuel apenas sorriu, enquanto abria a porta do fiacre para o companheiro. Bento Gonçalves agradeceu e acomodou-se no banco forrado de couro gasto. Pela janela, seu olhar se fixou num veleiro que navegava em direção à barra, já próximo à Fortaleza de Santa Cruz.

– La vai o nosso navio de volta para o sul!

– Engano seu. O nosso navio ainda vai ficar uns dias atracado. O capitão me disse que...

– Qualquer navio que for para o sul é o meu navio.

– Já esqueceste do enjoo? Das bolachas duras? Do charque salgado?

Bento desviou os olhos do veleiro e respirou fundo. Depois apontou para as montanhas que desciam abruptas em direção ao mar.

– Esqueci-me de tudo, menos da minha mulher e do meu cavalo. Essas montanhas todas me abafam, me esmagam. Nasci e me criei nas planícies. Gosto de sentir o vento no rosto e enxergar o pampa a perder de vista. Em quarenta e cinco anos de vida agitada, no meio de guerras desde 1811, nunca tinha me sentido tão abatido moralmente.

– Nem no Rincão das Galinhas?

– Nem no *Rincón de las Gallinas.* Nem na derrota do Sarandi. Nem naquele pandemônio da batalha do Passo do Rosário.

– Virgem Maria! Tu estás em plena crise de banzo.

– É isso mesmo. Saudade. Saudade da minha terra. Esta cidade de São Sebastião me oprime o peito como uma mulher bonita que me provocasse e desprezasse ao mesmo tempo. Tenho o pressentimento de que há alguém de tocaia em cada janela entreaberta. Sem querer, vivo com a mão nos copos da espada.

João Manuel tirou o quepe e enxugou o suor da testa com um lenço amarfalhado.

– Acho que a viagem marítima te fatigou demais. E a pressão atmosférica destes últimos dias também deve estar te afetando. O barômetro acusava temporal para esta madrugada e o céu ainda está azul. Além disso, defender-se de acusações infames sempre nos estraga o fígado. Mas agora falta pouco. O Evaristo já falou a teu respeito com o ministro Feijó.

– Qual Evaristo?

– O da Veiga, o jornalista. Ele é muito respeitado entre os liberais. Amanhã almoçaremos com ele. Tu vais ver que inteligência. Que agilidade de espírito. *Un homme de coeur.*

Bento respirou fundo outra vez. Seus olhos ainda namoravam o veleiro distante, quando o fiacre estacionou diante do Ministério da Justiça. João Manuel pagou o cocheiro e orientou o amigo através de salas e corredores regurgitantes de gente. Diogo Antônio Feijó era o homem forte da Regência e seu prestígio se poderia contar pelo número de pessoas que buscavam sua proteção e seus favores. Paulista de Sorocaba, Feijó defendia ardentemente os proprietários rurais. Seu rosto quadrado era severo, desacostumado ao riso. Os zigomas salientes e os olhos oblíquos davam-lhe um aspecto indiático que o cabelo liso e negro ainda mais acentuava. No conjunto, era compacto e imponente, embora de pequena estatura.

– Muito bom dia, senhor Ministro. Em nome de meu irmão, o Senhor Regente, tenho o prazer de apresentar-lhe o coronel Bento Gonçalves da Silva.

– Bom-dia, major João Manuel. Muito prazer em conhecê-lo, coronel Silva. Sentem-se. Fiquem à vontade. Estarei convosco em um minuto.

Sentaram-se em cadeiras desconfortáveis e mantiveram-se em silêncio. Junto ao seu *bureau* coberto de papelada, o ministro dava ordens a um secretário e assinava os documentos mais urgentes. A sala era retangular, enorme para a pouca mobília. As paredes altas, pintadas de branco e despidas de ornamentos, exibiam um único adereço. Um crucifixo dourado junto à mesa do ministro. O estuque do forro era moldado em desenhos singelos de anjos gorduchos e imensos cachos de uva. Duas janelas abertas para um pátio interno deixavam a sala em semiobscuridade. Pairava no ar um cheiro de mofo e cera derretida.

Feijó despachou finalmente o secretário e sentou-se diante dos militares. Sua roupa preta e colarinho engomado substituíam a batina, que não usava em atividades civis. Seu olhar cravou-se duro nos olhos castanhos do coronel. Começou a falar lentamente, quase de boca fechada.

– Senhor Bento Gonçalves da Silva, sua fé de ofício é uma das mais louváveis da nossa Guarda Nacional. Não fosse pela acusação escrita e formal do Comandante das Armas da Província de São Pedro do Rio Grande do Sul, nada teríamos a tratar neste momento, a não ser, talvez, recordar seus feitos heroicos na Cisplatina.

– Obrigado, Excelência.

– Infelizmente, a acusação é grave. O senhor Coronel é tratado de rebelde, insubordinado, até de indomável, nas próprias palavras do marechal Sebastião Barreto Pereira Pinto. E, na minha opinião...

O jovem João Manuel não se conteve e interrompeu o ministro.

– O coronel Bento Gonçalves só é indomável para os que querem devolver o Brasil aos portugueses.

Feijó fulminou o major com um olhar frio e apontou-lhe o indicador da mão direita.

– Peço-lhe que se mantenha em silêncio. Honro-me com sua presença em meu gabinete, não só por seus próprios méritos, como também por ser irmão do senhor Regente do Império. Mas não quero nem irei perder o ensejo de conhecer a opinião do coronel Silva pelos seus próprios lábios. Como não se trata de um julgamento, ele saberá dispensar o intermédio de um advogado.

João Manuel enrubesceu até a raiz dos cabelos. Seu nariz adunco pareceu crescer no rosto afilado. Tentou levantar-se, mas um olhar de Bento o fez imobilizar-se na cadeira. Feijó voltou a falar no mesmo tom baixo e pausado, como se orientasse um crente no confessionário.

– O marechal Barreto o acusa de desobediência civil e militar. Acusa-o também de demagogia e insuflação dos ânimos populares contra o Presidente da Província. Oferece provas de sua proteção aos agitadores da Cisplatina, em especial a Lavalleja e outros celerados como Verdun e Echeveste, que já lutaram contra o Brasil.

– Se me permite, senhor Ministro, nada há de errado na acusação do Marechal Barreto.

Feijó ergueu as sobrancelhas.

– Nada de errado?

– Nada de errado sob o seu ponto de vista, uma vez que ele é abertamente um retrógrado do partido português. O presidente Galvão foi um títere em suas mãos. Seu substituto, José Mariani, caiu também na rede de intrigas do marechal Barreto, do Visconde de Camamu, do major Gordilho e de outros poucos que sonham devolver o Brasil a Portugal. Os restauradores do colonialismo já seriam donos de nossa Província se não soubéssemos desobedecer a suas ordens absurdas: impertinências que podem apenas fomentar uma sublevação do povo rio-grandense.

Feijó cravou novamente seu olhar em Bento Gonçalves.

– Pois o marechal o acusa de ser o líder dessa guerra civil em potencial.

Bento sacudiu a cabeça e continuou a falar no mesmo tom moderado. Pronunciava as palavras por inteiro, no seu sotaque fronteiriço, algo espanholado.

– Veja, senhor Ministro, como são falsas as bases dessa acusação. O povo rio-grandense é como uma colmeia. Trabalha sempre pronto para se defender e agredir quando atacado.

– Como todos os povos do Brasil.

– É verdade, senhor Ministro. Mas também é verdade que nenhuma outra Província brasileira pagou tão caro para manter as fronteira do Império. Nossas crianças, na mais tenra idade, já sabem manejar as armas e cavalgar como índios charruas. Nossas mulheres raramente retiram o luto pelos maridos e filhos mortos pela pátria. Desde a construção do forte do Rio Grande, há quase um século, os rio-grandenses mal tiveram tempo de cuidar do gado, de lavrar a terra. Nosso povo está merecedor de paz e de justiça. Nossas feridas abertas não podem suportar o sal dos governantes impostores. Não podem suportar a carga de tributos escorchantes que anulam a nossa indústria em formação.

Bento calou-se. João Manuel tinha os olhos brilhantes de entusiasmo. O Padre Feijó mantinha a mesma fisionomia dura e indecifrável. Sua voz, no entanto, soou menos ríspida na próxima pergunta.

– E o que deseja, realmente, o senhor Coronel para a Província de São Pedro do Rio Grande do Sul?

– Maior autonomia para a tomada de decisões econômicas e políticas, quando essas decisões não ferirem a soberania do Império. Em termos imediatos, para evitar um conflito armado entre conservadores e liberais, Vossa Excelência poderia impedir a criação da Sociedade Militar, escudo protetor dos caramurus. Poderia, também, substituir Mariani por um novo presidente, rio-grandense de preferência, que conheça a fundo o nosso povo e saiba governá-lo com suas virtudes e defeitos.

– O senhor Coronel estaria interessado nesse cargo?

– Em absoluto. Considero minha permanência no comando da fronteira de Jaguarão como o posto em que serei mais útil à pátria.

– À pátria brasileira ou à pátria dos refugiados da Banda Oriental?

Bento ergueu o busto e encarou a fisionomia impassível do Padre Feijó. De sua capacidade de manter a calma dependeria, agora, o rumo definitivo da entrevista.

– O senhor não ignora, senhor Ministro, que minha esposa nasceu na Banda Oriental do Rio Uruguai?

– Absolutamente, não ignoro. Dona Caetana Garcia, com meus respeitos, é seu nome de solteira. Filha do súdito espanhol Dom Narciso Garcia e da Sra. Dona Maria Gonzales, natural do Povo Novo.

Malgrado seu, Bento fitou o ministro com um misto de surpresa e admiração.

– Pois, se está tão bem informado, saberá Vossa Excelência que exerci funções administrativas para o Brasil na região de Cerro Largo, na então Província Cisplatina, e foi lá que vim a conhecer minha esposa.

– Perfeitamente.

– Naquela região, nossas fronteiras são apenas políticas. É comum fazendeiros rio-grandenses e uruguaios possuírem terras e gado em ambos os lados da divisa. As estâncias são imensas e a população pequena. Convivemos, assim, com as gentes da outra banda e entendemos seus problemas. O general Lavalleja é um patriota. Proteger sua vida como exilado no Brasil não me parece um crime de lesa-pátria. Perigo está na união do maior inimigo de Lavalleja, o tirano Rivera, com o caudilho Rosas, das províncias que dependem de Buenos Aires.

– Mas Lavelleja lutou contra o Brasil em nosso próprio território, na batalha do Passo do Rosário.

– Naquele momento, como oficial brasileiro, enfrentei sua cavalaria e não teria hesitado em matá-lo se o tivesse encontrado frente a frente. Mas depois que a guerra terminou, nada nos impediu de continuarmos amigos. Somos até compadres, como deve saber Vossa Excelência.

Um súbito silêncio dominou a sala. Pelas janelas abertas ouviram-se, nitidamente, risos de crianças e o longínquo bimbalhar de um sino. Um leve cheiro de comida, caseiro, conciliador, tornou-se também perceptível. Os três homens se entreolharam. O ministro consultou o relógio de algibeira. Com voz quase afável dirigiu-se ao coronel.

– Confesso que estou impressionado. Para nós, homens do litoral, não é fácil entender a vida em regiões tão expostas, tão diferentes da nossa. Na sua fronteira, os hábitos se confundem, os idiomas se assemelham, os casamentos criam ligações afetivas binacionais. Mas posso lhe afirmar que, como sorocabano, como paulista, sempre tive orgulho dos meus conterrâneos que partiram para a fronteira selvagem e lá deitaram raízes.

– Paulistas como a minha avó Antônia, mãe da minha mãe.

– Realmente? Pois veja que não sou assim tão bom conhecedor da sua genealogia. E sabia preparar um bom café a Sra. Dona Antônia?

– Moído e adoçado à maneira do Vale do Paraíba. Lembranças da infância que a gente não esquece jamais.

Sem aviso prévio, Feijó levantou-se e espichou a mão direita para o coronel.

– Seja bem-vindo à cidade de São Sebastião do Rio de Janeiro. Enquanto aqui estiver, gozará da minha proteção pessoal. E quando quiser retornar a sua heroica Província, poderá fazê-lo a seu livre-arbítrio. Cuidarei de que o marechal Barreto não o remova, sem consultar-me, de seu comando na fronteira de Jaguarão. O mesmo farei quanto à permanência do major João Manuel, no comando do 8.º Batalhão de Caçadores. Desde que politicamente possível, indicarei ao senhor Regente um novo presidente para a Província de São Pedro que não se subordine aos restauradores do colonialismo, que também considero detestáveis. Acredito em vossa lealdade ao Brasil e ao nosso futuro Imperador, D. Pedro II.

Bento e João Manuel, perplexos, mantiveram-se quase perfilados até o fim do discurso do ministro. Após uma despedida breve e seca, atravessaram os corredores, lado a lado, em passo marcial. Feijó não tardaria em cumprir o prometido. O rio-grandense Fernandes Braga foi nomeado presidente e assumiu o cargo em Porto Alegre, sob o aplauso unânime dos liberais. Mas logo as intrigas palacianas o fizeram aderir aos conservadores. E a guerra civil o expulsou do poder.

Bento Gonçalves ainda pensava na entrevista com Feijó, quando um grito o trouxe de volta à realidade da prisão. Pedro Boticário, seu companheiro de cela, erguera-se tão rápido da enxerga, que batera com a cabeça no teto.

– O que houve? Não faça tanto barulho.

– Um rato. Um camundongo imundo. Estava subindo pela minha perna.

O homenzarrão chegou-se até a janela. Caminhava curvado. Na mão fechada, meio esmagado e ainda guinchando, trazia o rato que o acordara. Bento sentiu um embrulho no estômago.

– Atira essa porcaria pela janela!

– Ainda está meio vivo...

– Atira logo!

Boticário obedeceu. Atirou o rato por entre as grades e limpou a palma da mão nas pernas nuas. Seu rosto largo, coberto por uma espessa barba grisalha, contorcia-se de nojo. Mas Bento não o via. Apenas sentia o cheiro de urina que se entranhara no infeliz. E ouvia-lhe a respiração chiada, de asmático.

– A lima ainda está resistindo?

– Perdeu bastante fio. Mas já estou no meio da penúltima barra.

– Posso limar um pouco?

Bento apertou a lima na mão. Limar a grade o ajudava a suportar o calor sufocante, a resistir à coceira que o fazia cerrar os dentes. Mas logo dominou-se e entregou o instrumento nas mãos suadas do Boticário.

– Melhor deixares essa barra pela metade e atacares a última, que é esta de cima. Tu és mais alto do que eu. Será mais fácil para ti.

– Está certo... Tu achas que o rato caiu no mar?

– Acho que sim. Por quê?

– Só para imaginar... No que tu estavas pensando?

– Na primeira vez que estive no Rio de Janeiro.

– Em 1833?

– É. Saí vitorioso daqui. Nunca pensei que voltaria preso, três anos depois.

Bento voltou a sua enxerga e deitou-se. Pegou um frasco de aguardente que escondera no meio da palha e bebeu dois goles curtos. A cachaça desceu-lhe queimando pela garganta seca. Logo uma tontura leve aliviou-lhe a pressão na cabeça. Derramou um pouco de bebida nas mãos e passou-a nos pontos onde a coceira era mais forte. Seus dedos adivinhavam os ossos salientes. Como emagreci! E com esta barba, devo estar irreconhecível. Melhor assim. Quando sair desta prisão, vou agradecer por isso. Por não estar parecido comigo mesmo. Será que o barco vai chegar bem perto da muralha? Se o mar estiver calmo, acho que sim. Se não, nós nadaremos até ele. Parece mentira que a liberdade está tão próxima. Apenas mais duas barras de ferro para serrar. Um único dia mais neste inferno. Amanhã, por estas horas, serei um homem livre. E nunca mais me deixarei prender. Morrerei lutando. Como deveria ter morrido na Ilha do Fanfa.

Seu pensamento febril voltou ao dia 4 de outubro de 1836. Há cinco meses. No meio do rio Jacuí, a Ilha do Fanfa dividia as águas barrentas em dois rios paralelos. Dentro da ilha, surpreendidos ao tentar atravessar o rio, os farroupilhas vendiam caro a vida. A munição escasseava. Feridos morriam sem nenhum auxílio. À jusante e montante do Jacuí, os barcos imperiais mantinham o fogo cerrado. A artilharia farroupilha caíra nas mãos de Bento Manuel Ribeiro. Um canhão despencara do morro do Fanfa, ajudando a afundar uma balsa cheia de soldados liberais. Poucos se salvaram das águas correntosas. Na ilha, não se podia fazer fogo porque a fumaça orientaria os tiros de canhão. E mesmo que pudessem fazê-lo, não havia nenhuma carne para assar. Bento recordou a fisionomia derrotada de seus soldados. Havia, ainda, cerca de seiscentos sobreviventes. Brancos, pretos, índios e mestiços. Todos à espera de uma ordem sua. Mas o que poderia ordenar?

Pegou novamente a garrafa de aguardente e bebeu um gole comprido. Não gostava do gosto da bebida, mas necessitava da tontura. Nunca bebera antes de ser aprisionado. A não ser um cálice de vinho do Porto, em ocasiões de festa. Agora beberia muito, se houvesse bebida à vontade. Mas não havia. Seu ordenança, Nico Ribeiro, é que conseguia a cachaça e alguma comida com amigos da causa liberal e as introduzia na prisão, subornando os carcereiros. O corneteiro Nico, embora liberado pelo armistício que assinara na Ilha do Fanfa, teimara em acompanhá-lo na prisão. Inicialmente, na Fortaleza de Santa Cruz, onde ficara até ser transferido para a da Laje, Nico até dormia dentro do calabouço. Em Santa Cruz, não longe dali, ainda estavam Onofre Pires, Tito Lívio Zambecari, Afonso Corte Real e muitos outros companheiros de armas. Todos apodrecendo como ele e o Boticário, mas serrando também as grandes para fugir.

– Bento?

– O que foi?

– Acho que está começando a clarear o dia.

– É melhor parares de serrar. O pouco que falta, faremos hoje à noite.

Boticário voltou para o seu monte de palha. Não tardou a ressonar regularmente. Bento não sentia sono. Pensava nos companheiros presos na fortaleza vizinha. Em especial, pensava em Onofre Pires. Onofre era valente, mas truculento e impositivo. Três dias antes do desastre, depois de haverem escapado ao cerco que lhes armara Bento Manuel, os farroupilhas da Brigada do Norte reuniram seu Estado-Maior. O exército estava em pedaços. Onofre sustentava a ideia de atravessar o Jacuí na Ilha do Fanfa. O objetivo era o de unirem suas forças às de Domingos Crescêncio. Bento Gonçalves ponderara do perigo que correriam se fossem atacados pelos navios imperiais. Onofre ironizou seu ponto de vista, dizendo se tratar de uma *opinião de presidente*. A notícia da proclamação da república por Antônio Netto já era do conhecimento dos oficiais mais graduados. Assombrados com o arrojo dos companheiros de armas haviam decidido escapar ao cerco antes de comunicar o fato às tropas. A palavra *república* tinha tal sabor de subversão, que intimidava muitos. Assim, aquela *opinião de presidente* era uma ofensa para quem liderava a revolução e fora apenas *informado* da proclamação da República Rio-Grandense. Evitando aprofundar a desavença, Bento curvara-se à opinião de Onofre e aceitara o risco de atravessar o Jacuí. Surpreendidos por terra e por água, agora estavam ilhados e sem recursos para resistir ao cerco. E todos os seus homens, a começar pelo corneteiro Nico, esperavam que ele desse uma ordem, fizesse um milagre, que os tirasse vivos daquela ratoeira. Foi então que ele olhou firme nos olhos do corneteiro e ordenou:

– Dê o toque de parlamento.

Os lábios do soldado tremiam ao levar o clarim à boca. Parlamentar era reconhecer a derrota. Era quase como um toque de silêncio. Com lágrimas nos olhos, Antônio Ribeiro soprou o clarim que tantas vezes fizera avançar os farroupilhas. O som cavo do instrumento ecoou sinistramente pelas margens do rio.

Nessa hora decisiva, Onofre deu um passo à frente.

– Peço permissão para encaminhar as falas.

– Permissão concedida.

– O que vamos propor ao inimigo?

– Cessação imediata das hostilidades, em troca da retirada com garantia de vida e liberdade.

Onofre ajeitou o chapéu negro sobre a cabeça leonina e tomou a direção da margem do rio. O toque de parlamento havia sacudido o campo imperial, como água quente num formigueiro. Uma canoa foi enviada para Onofre Pires, que a esperava ereto, imponente, os braços cruzados no peito. Levada a mensagem oral a Bento Manuel Ribeiro, este exigiu a presença de Bento Gonçalves em seu acampamento para a assinatura dos termos da rendição. Naquela mesma noite foi assinado o documento que Bento Manuel redigiu de seu próprio punho:

> *Recebo como irmãos e afianço serem livres de perseguições, conforme as ordens do Governo do Brasil, todos os indivíduos que se apresentem e reconheçam o Governo legal do mesmo Brasil e da Província, os que se acham nessa ilha mesmo, os que estão nas Charqueadas dentro de 4 dias, e os de Jaguarão e Pelotas no prazo de 15 dias, inclusive todos os chefes que têm acompanhado o coronel Bento Gonçalves da Silva, e o mesmo coronel, entregando todo o parque de artilharia, armamentos e munições, na ocasião de se apresentarem. CAMPO DO PORTO DO FANFA, 4 de outubro de 1836 – Bento Manuel Ribeiro, Comandante-das-Armas.*

Assinado o documento, Bento Gonçalves dispensou suas forças, ficando com ele apenas Onofre, Zambecari e o corneteiro Nico. Antes que abandonassem o acampamento, com a liberdade que lhes garantia a rendição, uma contraordem do presidente Araújo Ribeiro obrigou Bento Manuel a prender os chefes farroupilhas. Bento, Onofre e Zambecari, que haviam sido *recebidos como irmãos*, foram levados para Porto Alegre e postos a ferros em um navio-prisão. No fim de outubro, chegavam ao Rio de Janeiro, sendo trancafiados na Fortaleza de Santa Cruz. Ali já estavam Corte Real, Pedro Boticário e outros farroupilhas, a maioria presos desde a retomada de Porto Alegre pelos imperiais. Temerosos da ajuda que Bento Gonçalves poderia receber dos liberais do Rio de Janeiro, fora ele separado dos companheiros e, junto com Pedro Boticário, enterrado no mais profundo calabouço da Fortaleza da Laje.

– Que horas tu achas que são?

– Umas dez horas da manhã.

– Não tardarão em nos trazer o almoço.

Boticário tentou rir e perdeu o fôlego. Tossiu várias vezes e falou com voz rouca.

– Almoço, aquela água suja? Livre-nos Deus!

Um ruído no alto da cela os fez calar. Alguém deslocava a laje que servia de alçapão e descia um balde com comida. No mesmo gancho, deveriam prender o outro balde, a metade serrada de uma pequena barrica, com seus excrementos. O Boticário não errara no cardápio. Água-suja com alguns pedaços de charque. Depois de comer, ficariam com o mesmo recipiente para latrina.

O dia prosseguiu lento na obscuridade da cela. Pelo calor ainda mais forte, souberam da passagem do meio-dia. Nenhum som, a não ser o abafado golpear das ondas, chegava aos ouvidos dos prisioneiros. Antes que escurecesse completamente, ouviram a laje do alçapão ser retirada do lugar e uma voz conhecida saudou-os do alto.

– Boa-tarde, meu coronel. Boa-tarde, seu Pedro. É o Nico. Tou trazendo comida e água fresca.

Bento levantou-se e foi até a abertura. O Boticário aproveitou também para ficar em pé, passando meia cabeça pelo buraco do alçapão. O rosto sorridente do negro era todo de boas notícias.

– Há alguém aí por perto?

– O guarda foi dá um passeio e volta em cinco minutos. Uma onça de ouro por minuto.

– Confirmado o barco para esta noite?

– Às dez em ponto. Tá aqui o relógio que o senhor pediu.

Bento pegou o relógio e Boticário a moringa de água e o pacote com a comida.

– Como está o mar?

– Tá bem mansinho.

– Espero que continue assim. Agora pode ir. Obrigado por tudo.

O carcereiro voltou e arrastou a laje para o lugar. Os prisioneiros atacaram as provisões, sem fazer economia. Precisavam de todas as forças e naquela noite deixariam a prisão. O Boticário foi o primeiro a espichar-se para dormir. Bento ainda ficou uns instantes pensativo. Seus olhos não se desgrudavam dos ponteiros do relógio. Pouco a pouco suas pálpebras foram ficando pesadas e ele adormeceu com o relógio na mão.

Dez horas da noite. Um escaler com quatro remadores se aproxima da Fortaleza da Laje. Nico Ribeiro vem na proa da embarcação. O mar está calmo. A duas braças da muralha, retiram os remos da água e encostam sem fazer ruído. Dentro da cela, Bento retira a grade e a coloca no chão. Com agilidade, firma as mãos no rebordo áspero e enfia a cabeça pela passagem. Encolhendo os ombros, arrasta-se pelo pequeno túnel e atinge a saída. Ante de saltar sobre as pedras, enche os pulmões com ar puro e procura localizar o barco. Uma piscada de isqueiro lhe confirma a posição. Salta para as pedras e fica esperando pelo Boticário. Por que estará demorando tanto?

– O que houve, Boticário?

A resposta chegou-lhe abafada, chorosa.

– Não consigo passar. Sou grande demais para essa janela.

– Não há jeito de passar? Nenhum jeito?

– Nenhum! Eu já sabia desde o começo... Tentei me iludir. Vai-te embora, Bento. Pelo amor de Deus! Antes que descubram o barco...

Bento começou a descer pelas pedras, apoiando as mãos e os pés descalços nas rugosidades. Súbito, pisou em algo macio. Abaixou-se e reconheceu o rato que o Boticário atirara pela janela. Foi como um aviso, um apelo final do seu velho companheiro. Não. Ele não poderia fugir assim. A realidade o obrigava a voltar para a prisão. Com voz embargada, falou em direção ao escaler:

– Peguem os outros na Fortaleza de Santa Cruz. Não percam mais tempo.

E voltando as costas para o mar, subiu agilmente pelas pedras e entrou no buraco. Arrastou-se pela passagem e deixou-se cair ao lado do Boticário, que chorava como uma criança.

Logo a seguir, uma sentinela fez fogo no alto da muralha. O barco afastou-se à força de remos. Na Fortaleza de Santa Cruz, Onofre, Corte Real e Zambecari, fora da prisão, ouviram os tiros e ficaram alerta. O escaler aproximou-se e parou a cerca de vinte braças do paredão que caía a pique até o mar. Não havia tempo para indecisões. Onofre gritou para Corte Real:

– Ata a corda no canhão e vamos descer de uma vez!

Corte Real obedeceu. Descendo pela corda até a metade do paredão, jogou-se de pé no meio das ondas. Onofre não tardou em segui-lo: Zambecari, que não sabia nadar, ficou olhando os companheiros serem recolhidos pelo escaler. Antes que fosse dado o alarme, o barco sumiu-se na escuridão.

Assassinato nas Missões

Corte Real passou a cuia a João Manuel e continuou o relato:

– Escondidos no escaler, fomos até um ancoradouro, onde nos esperava uma liteira com quatro escravos. Ainda molhados, entramos na cadeirinha, fechamos as cortinas e fomos levados morro acima até Santa Teresa. Por lá ficamos mais de uma semana, escondidos na casa de um simpatizante liberal.

João Manuel sorriu com a discrição do cunhado.

– Para mim você pode dizer o nome desse anjo da guarda.

– Irineu Evangelista de Souza. Na aparência, somente um abastado homem de negócios.

– Lembro-me dele vagamente. É rio-grandense, não é?

– Mora no Rio de Janeiro há muitos anos, mas não perdeu o sentido da querência. Os liberais chamam a sua casa de *Quilombo do Rio Grande*.

– E depois do Rio?

– Depois de oito dias escondidos na casa do senhor Evangelista, fomos levados à noite para um navio inglês que rumava para o Prata. Dezoito dias no mar até Montevidéu. Quando chegávamos num porto, os ingleses nos punham a ferros no porão. O Onofre tinha vontade de rachar a cabeça daqueles melados. Mas, como eles dizem, *a deal is a deal,* trato é trato. E o trato fora de entregar a mercadoria na Banda Oriental. Caso nos descobrissem em território brasileiro, eles diriam que fôramos presos como clandestinos. Perderiam somente metade das libras combinadas.

– E vocês dois a liberdade toda.

– Graças a Deus, passamos por São Vicente e pelo Desterro sem novidades. Quase chegando ao Prata, uma tempestade nos atingiu em cheio. Só para desafiar os gringos, eu e o Onofre ficamos na coberta o tempo todo. Cada onda do tamanho duma montanha. Uma verdadeira loucura.

– Coisa bem do Onofre Pires... O que me admira é você o ter acompanhado.

– Depois de quase um ano preso numa masmorra, a gente fica com horror dos locais fechados. São raras as noites que eu não sonho com a Fortaleza de Santa Cruz. Acho que sou o único coronel republicano que tem medo de ratos. E que vomita ao ver um pedaço de charque.

– E, mesmo assim, o Bento voltou para aquele túmulo...

Corte Real sacudiu lentamente a cabeça e falou com voz rouca.

– Eu acho que teria deixado o Boticário, teria deixado o meu próprio pai gritando por socorro e não voltaria para aquela podridão.

João Manuel respirou fundo. Seu perfil adunco se acentuava com o clarão das brasas. Na face esquerda exibia uma horrível cicatriz, lembrança do balaço que recebera no Passo dos Negros. Seus olhos grandes, quase à flor das órbitas, estavam cheios de lágrimas. Pudesse ele voltar ao Rio de Janeiro, como fizera em 1833, para ajudar Bento Gonçalves. Mas agora tudo era diferente. Como general republicano, ele também estava proscrito. Talvez nunca mais pudesse voltar à sua terra natal.

Corte Real levantou-se e jogou mais lenha ao fogo. Dentro do casarão de pedra onde se abrigavam, o vento assobiava pelas janelas mal fechadas, emperradas pela falta de uso. A chama crepitou na lenha seca e ondulou em várias direções. Os dois homens não haviam tirado os ponchos. Fazia frio naquela noite de agosto.

João Manuel sugou a bomba de chimarrão até ouvi-la roncar no fundo da cuia.

– Quer mais um mate? A água acabou, mas posso pedir mais.

– Obrigado. É melhor irmos dormir.

– Não tenho sono. Estas cidades missioneiras me excitam a imaginação.

Corte Real achou graça.

– Cidade, este monte de ruínas? Tenho medo que essa maloca desabe por cima de nós.

João Manuel olhou para as vigas do teto, coberto de telhas quase intactas, e desceu os olhos pela parede feita de enormes blocos de pedra.

– Este prédio foi feito para ser forte. Era aqui o *Cotiguaçu,* a casa das viúvas e dos órfãos.

– Como é que tu sabes?

– Já comandei a guarnição das Missões, antes da guerra. Mas foi em Montevidéu, quando convalescia deste balaço, que me deu curiosidade de ler mais sobre as missões guaranis. Uma aventura fantástica! Orientados pelos padres jesuítas, os índios conseguiram uma organização social acima de qualquer sonho cristão. Este *Cotiguaçu* é uma prova. Não é por acaso que se mantém de pé, quando ruíram todas as outras casas. É que, numa redução missioneira, o edifício mais forte, mais confortável, era destinado aos desprotegidos da sorte. Tudo que se fazia nas missões tinha sentido social. E funcionava com a precisão de um relógio.

– Sob o ritmo do chicote dos jesuítas.

– Lendas... Histórias forjadas pelos invasores. Os padres não poderiam pregar o amor ao próximo e usar de violência ao mesmo tempo.

– Cristo também sabia usar o chicote. E parece que tinha o braço pesado.

João Manuel olhou calmamente para o cunhado que sorria, divertido.

– Sei que você está dizendo isso para me atazanar. Conheço o método da família. Mas um dia ainda vamos falar a sério sobre as Missões. A propósito, que impressão lhe deram meus lanceiros negros?

– Magníficos! Realmente, tu conseguiste prodígios com esses escravos.

– Ex-escravos.

– Pois é... Ainda não os vi em batalha, mas o Canabarro ficou horas me contanto como são valentes e leais.

– Muito bem. E por que nos são leais?

– Ora... Porque nós os libertamos. Tiramos da escravidão.

– Exatamente. Demos a eles outra razão de viver. Outra esperança. Quando libertamos Pelotas, eu fui, pessoalmente, nas senzalas para soltar os escravos. E falei com eles como falo com você, não do jeito que se fala com crianças ou animais. Disse a eles que a guerra de libertação tinha começado. Que muitos de nós teríamos de morrer para dignificar a vida humana. Dei a eles a oportunidade de escolher. Os que quisessem, poderiam seguir o seu caminho. Os que acreditassem em mim seriam engajados no exército liberal. Teriam os direitos e os deveres de qualquer soldado farroupilha. E não seriam escravos nunca mais.

João Manuel calou-se. Corte Real estimulou-o a prosseguir.

– E eles? O que disseram?

– O que eles disseram? Não disseram nada. Mas até os morféticos, os aleijados, os infelizes que são explorados pelos donos como mendigos, quiseram vestir a farda dos lanceiros. Ninguém aceitou a liberdade sem luta. Homens aparentemente derrotados, cheios de cicatrizes por dentro e por fora, com as mãos carcomidas pelo sal das charqueadas, todos eles, Afonso José, todos eles acreditaram na palavra de um homem branco. Na palavra de um homem da mesma raça de seus algozes.

Emocionado pelo relato, Corte Real ergueu uma das mãos.

– Isso nunca! Se fôssemos da mesma raça dessa canalha, não estaríamos em guerra contra eles. Eu também nunca suportei os escravagistas. Imagino a raiva com que lutam esses lanceiros negros.

– Alguns, sim. Para a maioria, a luta é pela liberdade. Deles e dos companheiros que vão sendo libertados. Você reparou no sargento Cosme?

– Como não iria reparar? Ele não sai do teu lado. Deve estar de guarda aí atrás da porta.

– Ele sabe ler e escrever. Foi tua irmã quem o ensinou, em Montevidéu.

Corte Real olhou espantando para o cunhado. Veio-lhe à mente a imagem da irmã, Maria Joaquina, antes de casar-se com João Manuel de Lima e Silva. Uma menina rica, preocupada apenas com os vestidos novos e com os cachos dos cabelos. Sabia que ela havia amadurecido. Mas não ao ponto de dedicar horas e horas do seu tempo para alfabetizar um negro. Na sua imaginação, enxergou a mão delicada de Maria Joaquina guiando pelo papel a mão calosa do sargento Cosme. E as letras grandes nascendo, formando palavras.

– Meu Deus do céu! Tenho orgulho de minha irmã. E do meu cunhado também.

Para disfarçar a emoção, João Manuel levantou-se e atirou a aba do poncho sobre um ombro. Era um poncho azul-escuro, forrado de baeta vermelha, quase um uniforme da Província de São Pedro. Por baixo, usava a farda de general farroupilha. O primeiro general promovido pelo presidente em exercício, José Gomes de Vasconcelos Jardim, logo após a instalação da República Rio-Grandense. Isso fora em Piratini, em novembro de 1836. Quase um ano depois, João Manuel mostrava no corpo o preço de tal honra. Ninguém diria que aquele homem magro e meio encurvado, com os cabelos grisalhos e uma medonha cicatriz na face esquerda, tinha somente trinta e dois anos de idade. E que escondia no peito um coração de criança.

Corte Real também se levantou. Era mais baixo que João Manuel, mas aparentava seus vinte e oito anos. Nenhum fio de cabelo branco riscava sua cabeleira ondulada. A prisão não lhe havia quebrado o garbo. Era elegante e ágil em todos os gestos.

– Acho que está na hora de dormir. Embora ainda me reste uma pergunta a te fazer.

– E qual é ela?

– Tenho medo que a resposta se prolongue demais. Gosto de dormir bem antes das batalhas. E sinto o cheiro de pólvora no ar.

– O Santos Loureiro anda pelos arredores, não há dúvida. Mas isso não me dá sono. Antes pelo contrário. Qual é a pergunta?

– Falávamos das missões guaranis e tu mudaste o assunto para os lanceiros negros. Por quê?

João Manuel sorriu com a perspicácia do cunhado.

– Porque você disse que os jesuítas usavam o chicote e eu discordei. Entre a espada dos colonizadores e a cruz dos jesuítas, os índios escolheram a cruz. Como nós oferecemos uma farda aos escravos em troca da liberdade. Nunca os jesuítas educariam os índios para manterem uma república durante cento e cinquenta anos, somente na base da coação e da violência.

– Uma república? Então já houve no Rio Grande uma república antes da nossa?

– Aqui nesta região havia sete cidades da república guarani, os chamados Sete Povos das Missões. Em território da Província de Corrientes e no Paraguai, havia mais vinte e seis cidades. Todas elas governadas pelos índios. As eleições eram anuais. Todo dia 31 de dezembro, a população era chamada a votar. E elegiam o corregedor ou alcaide, os membros do Cabildo ou Câmara Municipal, os juízes, inspetores dos campos, todos os cargos administrativos.

– E esse índio Tiaraju? Há um soldado no meu esquadrão que não entra numa batalha sem acender uma vela, rezar para ele.

– Sepé Tiaraju. Era o chefe político, o corregedor eleito de São Miguel Arcanjo. Lá onde existe a maior das igrejas dos Sete Povos. Mas ele nasceu aqui. Na redução de São Luís Gonzaga.

Corte Real abafou um bocejo com a mão.

– Esse índio eu admiro. Morreu lutando contra o mesmo inimigo que nós lutamos hoje. Os colonialistas gananciosos que devoram tudo como gafanhotos. Mas agora chega de conversa. Estou morrendo de sono.

– Eu ainda vou dar uma volta. Verificar a disposição da guarda.

– E namorar as ruínas.

– É isso mesmo. Vou aproveitar que o vento amainou.

– Boa-noite, Afonso José.

– Boa-noite, João Manuel.

Corte Real fechou a porta às costas de João Manuel e dirigiu-se ao catre armado junto ao fogo. Tirou as botas e deitou-se sobre os pelegos, cobrindo-se com o poncho. Fechou os olhos e acomodou a cabeça no lombilho. Imediatamente, enxergou os ratos subindo pelo esgoto da prisão. Desconsolado com a imagem que lhe voltava todas as noites, abriu os olhos e fixou-os no fogo morrente. Algumas brasas ainda brilhavam na escuridão; sua única defesa contra as imagens do cárcere. Pouco a pouco, foi forçando o pensamento em outra direção. Pensou na irmã, Maria Joaquina, e reviu sua mão branca guiando a mão negra do sargento Cosme. Depois a mão desprendeu-se e veio acariciar o seu rosto. Mas não era mais a mão de sua irmã. Pelo perfume, reconheceu a mão de Marta, sua primeira namorada em Rio Pardo. Marta tinha gosto de pitanga, a boca macia, os cabelos suaves como seda. Puxou a jovem contra o peito, como fizera mil vezes na prisão, e acariciou-lhe as costas nuas. Apertou firme o joelho contra o sexo de Marta e adormeceu sorrindo, a mente liberta de outras emoções.

Na praça da antiga redução de São Luís Gonzaga, a lua brilhava em cheio sobre a igreja. De um lado, o cemitério alinhava suas campas. Do outro, estendiam-se os prédios em ruínas do colégio, das oficinas e, quase intacto, o *Cotiguaçu.* Em torno da praça, mantinham-se de pé algumas casas de pedra, com alpendres na frente, todas iguais. Serviam agora de residência aos brancos que habitavam o povoado. Os poucos índios sobreviventes da época em que São Luís abrigara mais de seis mil almas, viviam agora em ranchos de barro, cobertos de capim. Oitenta anos depois da invasão das missões, nada mais restava do passado. Corrompidos pela cachaça, pelas doenças venéreas, pela maneira de viver dos brancos, os guaranis perderam toda e qualquer identidade cultural. Os jovens saíam cedo a gauderiar pelas estâncias, não possuindo mais que o cavalo e as roupas do corpo. As moças, devido aos traços orientais do rosto, eram chamadas *chinas* e usadas, desde a puberdade, como prostitutas sem salário. Algumas poucas encontravam um homem que as protegia e reconhecia seus filhos. A maioria passava a mocidade na garupa dos andejos, fazendo amor nos taquarais, dentro das carretas, soltando filhos pelo pampa. A esses, os brancos abastados chamavam de *gaúchos* e os desprezavam e temiam. Junto com os negros e os índios, esses mestiços formavam a escória social da Província. Ser chamado de gaúcho era o mesmo que ser chamado de bastardo. Mas esses homens, temperados pela vida ao ar livre, domando potros, tropeando gado chucro, guerreando do lado que a guerra os encontrava, eram o povo verdadeiro do Rio Grande. Matéria-prima moldada pelo vento minuano, pela carne gorda assada no espeto, pela seiva do chimarrão. Famintos de liberdade seriam temíveis se tivessem consciência coletiva. Mas eram individualistas ao extremo. E tão orgulhosos de sua valentia, que sacrificavam a vida pela mais fútil razão.

– Será que não vão mudar nunca?

O sargento Cosme olhou de soslaio para o general.

– Eu mudei muito. Eles podem mudar. Quando criança, tudo era ódio no meu coração. Desde que mataram meu pai e me obrigaram a ver o suplício. Eu tinha só oito anos, isso foi o maior pecado deles. Minha mãe estava fazendo pão e veio arrastada, ainda com um lenço na cabeça, as mãos sujas de farinha. Um dos meus irmãos levara um soco e sangrava pela boca. E eles ataram meu pai no poste; um homem grande, forte como um angico. E foram moendo aquele corpo a chicote. Uma, dez, cem, mil chicotadas. Quando um feitor cansava, vinha outro. Até que ele virou numa pasta imunda. Uma massa morta de pele e sangue.

– Onde foi isso, Cosme?

– Em Porto Alegre. Na praia do Arsenal. Na frente de uma igreja.

– Ele tentou fugir?

– Nunca. Era calmo como um boi de canga. Todo mundo gostava dele. Até que ele deixou cair no rio um saco de sal. Uma mixaria. Mas o sal se derrete na água. E o patrão acordara de mau humor.

João Manuel desviou os olhos do rosto do sargento. Ele provocara o assunto e agora estava arrependido. A república pouco fizera para acabar com tantas injustiças. Mas ele estava lutando por isso. Enquanto alguns só lutavam para defenderem seus bens materiais.

Agora em silêncio, o general e o sargento prosseguiram a ronda. Passaram pelas sentinelas postadas nos fundos do pomar e cortaram caminho pelo meio das laranjeiras. A maioria delas secara e não foram substituídas por novas mudas. Algumas ainda teimavam em dar frutos. O vento voltara a soprar com mais força. A lua, muito branca, subira ao ponto mais alto do céu.

Diante do *Cotiguaçu*, João Manuel despediu-se do sargento Cosme.

– É melhor que me chame amanhã cedo. Não quero dormir demais.
– A que horas saímos para São Borja?
– Logo depois do batizado.
– Está certo. Chamarei o senhor ao clarear do dia.
– Boa-noite, sargento.
– Boa-noite, general.

João Manuel empurrou a porta e entrou no *Cotiguaçu.* Cosme afastou-se alguns passos e parou. Sentia uma presença junto de si. Começara a senti-la quando haviam atravessado a praça e contornado o cemitério. No meio do pomar, ela havia desaparecido. Agora, voltara com toda intensidade. Alguém o estava seguindo. Homem ou animal, ele sabia que dois olhos estavam cravados nas suas costas. Virou-se de repente, mas não viu nada. Intrigado, voltou a montar guarda diante da porta.

Às costas do negro, dois olhos brilharam na escuridão. Cansado de esperar uma oportunidade, o índio Roque Faustino guardou a garrucha na cinta e esgueirou-se pelas ruínas do colégio jesuíta. Sentia fome e frio. Vestia somente roupas leves, que não lhe atrapalhassem os movimentos, e tinha os pés descalços. Não comia desde que deixara o acampamento imperial, há mais de 24 horas. Mesmo para um homem de sua têmpera, o cheiro de carne assada dava contrações no estômago. Mas tinha de ser forte. O coronel Santos Loureiro tinha-lhe prometido a patente de capitão. Capitão, ele, que nascera da barriga de uma índia guarani. Ele que tinha o mesmo rosto da china que um gaúcho levara para o Paraguai. Criado pelo avô, ferreiro em São Miguel Arcanjo, aprendera a construir e manejar as armas. Engajado quase à força nas tropas imperiais, sua pontaria chamara atenção do coronel. E veio a proposta vantajosa. Um tiro pela patente de capitão. Um único tiro. Mas um tiro no coração.

Roque Faustino ouvira a conversa de João Manuel e do sargento Cosme. Sabia que o general assistiria a um batizado antes de partir para São Borja. Mediu a distância que o separava da igreja e começou a arrastar-se pelo chão. Seu maior inimigo aquela noite era o luar. Sem ele, já teria cumprido sua missão. Sem ele e sem aquele negro enorme, que parecia a própria sombra do general.

O índio levou quase duas horas para chegar à igreja. As sentinelas estavam atentas e a lua continuava a iluminar as ruínas. Finalmente, já alta madrugada, conseguiu vencer o último espaço aberto e sumiu-se no interior do templo. O cheiro de incenso lembrou-lhe o ritual da infância e, quase sem sentir, fez o sinal da cruz. Seu avô o criara temente ao Deus dos brancos, como os jesuítas o haviam criado. E lhe dera o nome de Roque em homenagem ao primeiro padre que atravessara o rio Uruguai. O padre Roque Gonzales fora assassinado pelo índio Maraguá, a mando do feiticeiro Nheçu. Roque Faustino sorriu. Seu avô deveria ter-lhe dado o nome de Maraguá.

Arrependido de sua persignação involuntária, Roque Faustino subiu num altar e escarrou na cara de um santo. Aliviado, procurou localizar o batistério. A lua continuava a persegui-lo através dos rombos no telhado. No batistério, a escuridão era completa. Pisando sobre a pia batismal, o índio içou-se a uma das traves do teto e acomodou-se num canto. Dali, por um rombo na fachada da igreja, tinha ampla visão sobre a praça. Encolheu-se bem, apoiou o queixo sobre os joelhos e esperou o nascer do sol.

A manhã de 29 de agosto de 1837 nasceu dourada de sol. Nenhuma nuvem no céu azul. Nenhum vento a levantar a poeira vermelha. João Manuel respirou o ar com delícia. Seus olhos devoravam cada detalhe da cidade antiga. Um bem-te-vi cantava no galho mais alto de uma timbaúva. O gargalhar do joão-de-barro vibrava alegre em seus ouvidos. Seu cavalo pisava firme sobre a grama amarelada da praça. Era um picaço, animal graúdo, de pelo negro e patas brancas. Diariamente amilhado e escovado, o cavalo tinha o pelo fino em pleno mês de agosto. Bem diferente do rosilho peludo do sargento Cosme. O sargento cavalgava logo atrás do general, fazendo caretas para não bocejar. Corte Real saíra antes do clarear do dia, com uma parte dos lanceiros. Haviam marcado encontro em São Borja.

– Não vai comer nada, general?

– Depois do batizado. Acho que já estão esperando por mim.

– E os homens?

– Pode liberar para o rancho. Formatura às 9 horas diante da igreja.

– Sim, senhor.

Apearam. O sargento atou o picaço do general num frade de pedra. Depois saiu a dar ordens aos lanceiros. Um grupo de pessoas, lideradas pelo padre, já paramentado, recebeu João Manuel nos primeiros degraus da escada.

No seu esconderijo no batistério, o índio engatilhou a garrucha e mirou o general em pleno peito. Mas logo o oficial confundiu-se no meio do grupo que o aguardava e saiu do seu campo visual. Ficou apenas o cavalo negro, com toda a prata de seus aperos, a atrair o olhar de Roque Faustino. Um sorriso quase infantil iluminou-lhe o rosto. Erguendo a vista, contemplou o campo aberto, semeado de capões de mato, que se perdia no horizonte. Mas logo seu rosto ensombreceu-se novamente. O negro grande voltava a se aproximar da igreja.

O sargento Cosme apeou-se e atou seu cavalo ao lado do cavalo picaço. Um pressentimento lhe oprimia o peito. Como na noite anterior, ele sentia que alguém o espionava. Que alguém cravava no seu corpo um olhar de ódio. Tirou o chapéu de copa alta e passou a mão pela testa. Estava suando. E fazia frio naquela manhã de sol. Entrou na igreja, fez o sinal da cruz e apressou o passo em direção ao batistério.

Velas acesas desenhavam silhuetas nas paredes descascadas. A criança morena, vestida de branco, estava nos braços do general. Seus dedinhos inquietos procuravam escabelar o padrinho. Os pais sorriam. O padre pronunciava palavras em latim, herdadas dos primeiros cristãos das catacumbas.

O sacerdote calou-se e fez um sinal com os olhos para o general. O padrinho inclinou a criança sobre a pia batismal, talhada num único bloco de pedra. A menina assustou-se com a água e o sal. Começou a chorar estridentemente. João Manuel virou-se e entregou-a nos braços da mãe. No mesmo instante, Roque Faustino atirou.

O primeiro tiro atingiu João Manuel em pleno peito. O segundo raspou na cabeça do sargento Cosme e arrancou uma lasca da pia batismal. No meio do tumulto, o índio saltou para o chão e correu para a porta da igreja. O cavalo picaço erguera a cabeça, assustado pelos disparos. Roque Faustino desatou-lhe o cabresto e montou de um só pulo. Atravessou o povoado a galope, gritando a plenos pulmões. Quando os lanceiros saíram em seu encalço, já era tarde demais. O cavalo negro sumia e reaparecia, lá longe, nas dobras dos coxilhões.

Nos braços do sargento Cosme, estranha *pietà* esculpida em ébano, João Manuel recebia a extrema-unção. As lágrimas do antigo escravo foram as primeiras a caírem pelo general farroupilha. Alma humana, singela e límpida, como a sua última manhã de sol.

A Fuga da Fortaleza do Mar

O pequeno jegue levantou o focinho e zurrou em falsete. O menino olhou-o de cima do coqueiro e sorriu. O burrinho havia percebido os homens que se aproximavam. Uns vinte, se tanto. Caminhavam despreocupados, confiando nas armas e no vigia que tinham deixado na praia. O menino estufou o peito. Estava orgulhoso de sua missão. Era muito melhor vigia que o Tião. O Tião Vesgo, que fora pilhado dormindo e retalhado pelos soldados. Ele era pequeno, mas só dormia de noite. E nunca bebia cachaça. Nem misturada com melado.

O coqueiro do menino se confundia com o coqueiral da praia. O mar cintilava contra o sol da manhã. As ondas de um verde transparente quebravam barulhentas contra a areia. Caranguejos caminhavam aos bandos pelo meio das conchas. Ninguém ao alcance da vista. Somente algumas velas brancas, muito longe, pontilhavam as águas da baía. Na linha do horizonte, percebiam-se os contornos da cidade de São Salvador.

O jegue zurrou novamente. As orelhas grandes apontando em direção do mato. O homem que vinha na frente fez sinal para os outros pararem e entrou sozinho na clareira entre o mato e o coqueiral; a passos largos, aproximou-se do burrinho que voltara a pastar. O homem usava uma roupa azul desbotada. Com manchas de suor nos sovacos. Tirou o chapelão de palha e olhou para o alto do coqueiro.

– Tudo bem aí, Curumim?

A resposta do menino foi espalhada por uma rajada de vento. O homem gritou mais alto.

– Pode descer agora, Curumim! E cuidado onde põe os pés!

O menino surgiu no meio das faias. Abraçou-se ao tronco do coqueiro e começou a descer. Apoiava os pés descalços nas nodosidades circulares e flexionava o corpo, buscando apoio mais embaixo. O homem controlava todos os seus movimentos. O jegue também. Parara de pastar e ficara olhando o seu pequeno dono, que já vinha pela metade do tronco. Um pouco mais e deixou-se escorregar ao chão. Tinha a pele queimada de sol. Vestia apenas uma calça curta de algodão cru. Era magro e flexível como um gato.

– Tudo calmo nos arredores?

– Tudo calmo, pai. Ninguém passou pela praia. Não vi nenhum barco de guerra no mar.

O homem passou a mão pelo cabelo do filho. Cabelo preto e áspero. Cortado bem rente ao crânio.

– Estás com fome?

O menino assentiu. Estivera desde o clarear do dia vigiando a praia. O homem tirou um apito do bolso e soprou duas vezes. Os companheiros surgiram na orla do mato e avançaram para o coqueiral. Um grupo imponente. Quase todos armados de mosquetes e com as cartucheiras atravessadas no peito. Usavam amplos chapéus de palha e vestiam calças justas ao corpo, cortadas logo abaixo dos joelhos. Com exceção do pai do menino, que usava uma espada, os demais traziam facões de mato balançando à cinta. Vistos de perto, perdiam o ar belicoso. Tinham o riso fácil e nenhuma disciplina militar.

– Que horas devem ser, mestre Crescêncio?

O mais velho dos recém-chegados, negro de rosto enrugado e cabelos grisalhos, olhou para o sol a dois palmos do mar.

– Em volta das sete, sô Capitão.

– Ainda temos tempo. Vamos comer alguma coisa. Quem é que trouxe a munição de boca?

Um mulato claro adiantou-se e colocou a sacola de couro no chão. Autorizado pelo Capitão, mestre Crescêncio abriu a bruaca e tirou de dentro uma manta de carne de sol. Puxou da peixeira e foi cortando as fatias, todas do mesmo tamanho. Em cada uma delas, havia um dedo de gordura amarela. A carne fora cozida em panela de barro. Quase se desmanchava na boca. O menino devorou a sua parte e ficou à espera que os outros se servissem. Mestre Crescêncio deu-lhe mais um pedaço de carne e distribuiu a ração de farinha e rapadura. Só então começou a mastigar sua fatia, bem devagar.

– Quem é esse homem que tá preso no Forte do Mar, sô Capitão?

– Um liberal lá do sul. Diz que muito valente. Esteve preso no Rio de Janeiro e tentou fugir. Por isso trouxeram pra Bahia.

– E o que ele fez de mal?

– Tava guerreando contra os caramurus. Como nós aqui em Itaparica.

– Ele é amigo do dotor Sabino?

– Foi o Doutor Sabino que mandou a gente ajudar ele.

– Então é amigo. E o que é que nós vamo fazê por ele?

– Daqui a pouco, vamos puxar a canoa para o mar e atravessar a baía. Temos que chegar perto da fortaleza, fingindo que estamos pescando. Está tudo combinado para as dez horas da manhã. O prisioneiro vai tentar fugir a nado. Nós temos que recolhê-lo e trazê-lo para cá.

Mestre Crescêncio sorriu. Os olhos brilhando moços no rosto marcado de rugas.

– Nossa tarefa é fácil como metê a cabeça na boca dum tubarão.

– Parece que serraram os dentes do tubarão. Gente nossa, dentro do forte. Vamos ver na hora. Só tenho medo dos canhões. Mar a fora, ninguém mais nos alcança. Ninguém conhece essa baía como o senhor, mestre Crescêncio.

– Intrigas... Mas conhecê um pouco, eu conheço sim senhor. E com ajuda de Nosso Senhor do Bom Fim, talvez a gente consiga tirá o homem de lá. O senhor falou em dez horas, capitão? Acho melhor a gente se levantá.

– Pois então, vamos. Todos de pé, minha gente! Vamos botar a canoa no mar.

Empurrada por muitos braços, a canoa deslizou rápida pela areia. Tinha seis remos e um mastro central com a vela enrolada. Cada tripulante, antes de subir a bordo, deixava suas armas e munições na praia. Pescador não usa arma. E se fossem apanhados por um barco de guerra, de nada lhes adiantaria resistir. Mestre Crescêncio ocupou o leme. O capitão entregou a pistola e a espada para o menino, entrou na água até o peito e içou-se na popa da embarcação.

– Esperem por nós dentro do mato. Procurem não chamar atenção de ninguém.

O menino ficou olhando a canoa se afastar à força de remos. A proa subia e descia, cortando as ondas em diagonal. Vencida a rebentação, mestre Crescêncio mandou içar a vela. O pano estalou e se inflou com as rajadas do vento. Curumim baixou a cabeça e caminhou em direção ao burrico, arrastando os pés pela areia.

Do outro lado da Baía de Todos os Santos, numa masmorra da Fortaleza do Mar, Bento Gonçalves havia caído em profunda depressão. Sentia-se fraco, desanimado, e não acreditava no plano de fuga. Mas dificilmente teria outra oportunidade. O tenente-coronel Francisco José da Rocha, maçom e liberal convicto, estivera em sua cela na noite anterior. Na aparência, uma visita noturna de inspeção à fortaleza. O comandante das armas da Bahia havia recebido uma carta anônima avisando-o de que o médico Sabino da Rocha Vieira, chefe político dos liberais, tramava a fuga de Bento Gonçalves. Imediatamente tinham sido tomadas providências acauteladoras. Um sargento e um soldado do destacamento encarregado da guarda, considerados suspeitos, haviam sido substituídos. Um brigue-barca, sob o comando do tenente Rafael de Menezes, fora destacado para vigiar o forte. Seus escaleres passavam as noites rondando, em busca de qualquer embarcação suspeita.

– E como vou conseguir fugir?

– Sabe nadar, general?

– Nasci na beira do rio Jacuí. Nadava muito bem. Agora não sei. Devo estar com pouca resistência.

– Ao sair daqui, direi ao carcereiro que autorizei seu pedido para tomar um banho de mar. Ele virá buscá-lo às dez horas em ponto. Trate de nadar para o mais longe possível da fortaleza. Uma canoa de pescadores, com gente de nossa inteira confiança, estará pelos arredores. Os guardas na rampa estão instruídos para olharem para outra direção. O perigo maior estará na escuna de guerra. Como amanhã é domingo, contamos que eles relaxem um pouco a vigilância.

– E a canoa deverá me levar para onde?

– Para a ilha de Itaparica. Do outro lado da baía.

– Se tudo correr bem...

– Naturalmente.

Bento olhava desconsolado para as pernas magras. Para os braços finos, enfraquecidos por tanto tempo na prisão. Durante a viagem do Rio a Salvador, sofrera uma tentativa de envenenamento. Quem sabe aquele plano maluco não era apenas uma armadilha para matá-lo? Mas, então, por que não o passavam logo pelas armas? Talvez porque agora ele fosse importante demais. Mesmo preso, fora eleito Presidente da República Rio-Grandense, instalada em Piratini em novembro do ano anterior. Seu assassinato implicaria num recrudescimento dos levantes liberais. Mas se fosse morto numa tentativa de fuga, o impacto seria bem menor. Em quem deveria acreditar? Não fossem as últimas palavras do coronel Rocha, ele talvez devesse se recusar a sair da cela. Não arriscar uma fuga quase suicida. Mas o coronel fora claro em sua última ponderação.

– Devo preveni-lo de que as ordens da Corte são para removê-lo o mais breve possível da Bahia.

– E para onde vão me levar?

– Para a ilha de Fernando de Noronha.

Fernando de Noronha. Um ponto perdido no meio do oceano. Quase tão inacessível como a ilha de Santa Helena. Por lá ficaria até a morte. Como o general Napoleão.

– Pode tirar a roupa! Está na hora do seu banho de mar, nobre senhor.

A voz sarcástica do carcereiro soou-lhe aos ouvidos como um desafio. Pondo-se de pé, desabotoou a camisa enxovalhada e desnudou o tórax. A barba de um castanho agrisalhado lhe descia até o peito. Como só usava um calção e estava descalço, nada mais havia para tirar do corpo. A porta de ferro gemeu nos gonzos. Precedido por um soldado e seguido pelo carcereiro, o prisioneiro caminhou meio tonto pelo corredor lajeado.

Do lado de fora da fortaleza, a luz intensa ofuscou-lhe os olhos. Foi-se acostumando aos poucos com a claridade. Tudo era colorido naquela manhã de sol. A cidade de São Salvador subia pelas encostas numa profusão de telhados vermelhos e igrejas brancas. Sinos tocavam chamando os fiéis para a missa de domingo.

Bento virou as costas à cidade e contemplou o mar. Dois saveiros se aproximavam do brigue da Marinha Imperial, que balouçava ancorado próximo à fortaleza. O carcereiro cutucou-lhe as costas e abrigou-o a avançar.

– Pode descer a rampa e banhar-se por aí mesmo. Cuidado com os tubarões! Eles vêm pertinho para comer o lixo.

O prisioneiro entrou na água devagar, os pés escorregando nas pedras lisas. Pensava no amigo Pedro Boticário e na sua teoria sobre a força da mente. Nunca necessitara tanto de sua força mental como naquele momento. Agachou-se. Firmou ambas as mãos nas pedras e jogou-se de um pulo no meio das ondas.

Acostumado a nadar em água doce, sentiu-se leve na água do mar. Quem sabe aquela loucura toda daria certo? Sem tirar os braços de junto ao corpo, foi nadando cachorrinho até sentir-se mais seguro de suas forças. Será que a canoa já estaria por perto? Ergueu o corpo o mais que pôde e sentiu uma emoção aguda. Um barco impulsionado à vela e a remos se aproximava lentamente. Só podia ser o seu barco. Virou-se e olhou para o Forte do Mar. A escuna de guerra continuava deserta. Nenhum guarda à vista nos paredões da fortaleza. É agora ou nunca.

Espichando o corpo na horizontal, o prisioneiro começou a nadar com a maior rapidez possível. Nadava com a cabeça fora da água, os olhos fixos na canoa, que crescia cada vez mais a sua frente. Nadava com raiva, com convicção. Não tardou em vencer mais da metade da distância. Depois começou a sentir um entorpecimento no corpo. Um início de câimbra na perna esquerda. Mas não diminuiu o ritmo das braçadas. Até quase bater com a cabeça no casco da canoa.

– Puxa o homem para dentro, Januário!

– Cuidado que ele está mal!

Braços morenos puxaram o corpo branco com facilidade. Quase desmaiado, Bento foi acomodado na proa, ao lado do capitão.

– Como se sente?

Não conseguiu falar. Levantou a mão direita para dizer que estava bem. Seu coração batia descontroladamente. Os ouvidos zumbiam. Sentia gosto de sangue na boca. Mas o capitão cuidava de outra coisa. Era preciso fugir com a maior rapidez.

– Baixem as cabeças, que vamos virar a vela!

Mudando de direção, a canoa ganhou novo impulso. Navegavam agora a favor do vento. A vela se mantinha inflada em asa de pomba. Os tripulantes remavam com todas as suas forças. Ninguém falava. Já estavam contornando a ponta de Mont'Serrat, quando foi dado o alarme na Fortaleza do Mar.

Prevenidos pelo carcereiro, que gesticulava e gaguejava apontando para a canoa, dois artilheiros correram para um canhão. Calculada a inclinação para o tiro, bateram o isqueiro na tocha de alcatrão e aproximaram a chama da mecha. Mas apenas fumaça saiu de dentro do canhão. Sabotadores haviam molhado a pólvora. Não haveria tempo para buscar mais.

Dentro da escuna de guerra, os marinheiros corriam para todos os lados. O tenente Menezes berrava enlouquecido. Em poucos minutos, a nave foi preparada para partir. Levantada a âncora, foi ganhando impulso, lentamente, em direção ao centro da baía.

A bordo da canoa, que desaparecera de vista, a alegria era geral. Mestre Crescêncio acabava de dar a sentença, com sua voz descansada.

– Não nos pegam mais.

Bento sentia-se melhor. O vento lhe dava em cheio no rosto. O coração voltara ao ritmo normal. Sentia apenas um leve enjoo e muita sede; mas a essas coisas, estava acostumado a suportar. O capitão bateu-lhe uma mão amistosa no ombro.

– Está vendo aquela praia branca? Aquela com os coqueiros ao fundo? É lá que nós vamos aportar.

O menino Curumim foi o primeiro a sair do mato. Vinha montado no burrinho cinzento. Atrás dele foram surgindo os guerrilheiros. A canoa já corcoveava nas ondas da rebentação. Mestre Crescêncio mandou recolher a vela; num último esforço o barco embicou na areia.

– Trouxeram o prisioneiro, pai?

– Não é mais prisioneiro, Curumim.

O menino olhou meio assustado para o homem que descia da canoa. Bento sorriu-lhe e caminhou firme pela areia. Seus olhos devoravam todos os detalhes da praia. Seguiu em direção aos coqueiros, pisando na areia aquecida pelo sol a pino. A seu lado, Curumim não lhe desgrudava os olhos, impressionado com a sua magreza; com a pele leitosa marcada de picadas de insetos. Os outros se atarefavam em arrastar a canoa para longe do alcance da maré-cheia. Desatarraxavam o mastro e desprendiam os remos. Bento desviou os olhos para o menino, que lhe puxava o calção.

– De que raça o senhor é, moço?

– Sou do Rio Grande. Uma raça dura. Mas estou morrendo de sede.

– Por que não falou logo? Gosta de água de coco?

– Não sei. Nunca tomei.

Sorrindo com seus dentes miúdos, o menino puxou o jegue para mais perto do coqueiro e subiu-lhe no lombo. Dali saltou para o tronco liso e foi subindo com a agilidade de um macaco. Bento olhava para cima, admirado com a façanha. Não tardou a cair um coco junto de seus pés.

– Chega esse um?

– É bem grande. Obrigado.

O menino desceu rapidamente. Alguns dos homens apontavam para o mar. Longe, no horizonte, avançava a escuna imperial, com todas as velas enfunadas. Mestre Crescêncio voltava do mato com os remadores. Tinham ido esconder o mastro e os seis remos.

– E a canoa?

– Tem mais canoa igual a essa que palhoça de pobre na ilha de Itaparica. E canoa não fala. Melhor a gente caminhá, sô Capitão.

A pedido do Curumim, o mulato Januário puxou o facão e tirou uma lasca do coco. No segundo talho, a água espirrou.

– Pode beber, seu moço. É água de Deus.

Bento levantou o coco com as duas mãos e sorveu o líquido com avidez. Nunca mais iria esquecer aquele gosto. Seria, para sempre, igual ao gosto da liberdade.

– Acha que poderá caminhar, general? A marcha vai ser dura.

Ouvindo a palavra general, os guerrilheiros se entreolharam, impressionados. Bento largou o coco no chão.

– Posso sim, capitão. Vamos em frente.

Partiram. Em poucos minutos embrenhavam-se no mato. A ilha de Itaparica era a maior base de operação dos liberais da Bahia. Nenhum soldado imperial se atreveria a segui-los além da praia.

Era o dia 10 de setembro de 1837. Bento Gonçalves estivera na prisão durante onze meses e seis dias. Ainda levaria dois meses para chegar ao Rio Grande. E mais um mês e alguns dias para assumir a Presidência da República, a 16 de dezembro de 1837, na cidade de Piratini.

Piratini, 20 de Setembro de 1838

Maria Cândida ergueu a persiana e deu um grito de alegria.

– Mamãe! A senhora nem vai acreditar. Está um lindo dia de sol!

Chovera a noite toda. Poças de água ainda se acumulavam pela rua Clara. O sol brilhava sobre os telhados de Piratini. Mais além da cidade, seguia iluminando os campos ondulados, visíveis até a Serra das Asperezas. A mocinha aspirou o cheiro de terra molhada. No pátio da casa em frente, um ipê começava a mostrar suas flores amarelas. Uma vaca mugia forte à espera da ordenha.

Da janela do sobrado caiado de branco, com portas e janelas pintadas de azul, a vista era panorâmica sobre metade da cidade. Maria Cândida espichou o pescoço para a esquerda. A rua principal ainda estava deserta. A partir da esquina do sobrado, era calçada com pedras irregulares. O calçamento terminava diante do prédio imponente, ocupado pelo Ministério da Guerra; dali, prosseguiam a Rua do Passo e a estrada para Bagé. Do lado direito do sobrado, a rua descia a coxilha, ligando-se com a estrada de Caçapava. Havia ainda, do lado sul, outra estrada que acompanhava o curso do rio Piratini na direção de Pelotas.

– Mamãe! Levanta de uma vez... Vamos botar a bandeira na janela. Hoje é 20 de setembro, mamãe.

A janela aberta inundava o quarto de luz. Na cama de casal, Dona Alice havia puxado o lençol sobre a cabeça. Mãe e filha dormiam juntas, desde a morte do pai de Maria Cândida. No quarto retangular, de paredes altas, havia ainda um guarda-roupa de mogno maciço e uma cômoda da mesma madeira, coberta com um tampo de mármore rosa. Um biombo florido ocultava o lavatório e o toucador.

A mocinha de tranças saiu da janela e começou a abrir e fechar os gavetões da cômoda.

– Onde foi que a senhora guardou a bandeira? Tinha certeza que estava aqui.

Dona Alice falou com voz rouca e sonolenta.

– A Jurema deve ter levado para passar.

– É isso mesmo! Que boba que eu sou. Fui eu mesma que disse para ela passar a bandeira.

Maria Cândida contornou a cama, abriu a porta e saiu correndo pelo corredor. Dona Alice ouviu seus passos descendo a escada. E sua voz alegre a chamar pela criada. Não adiantava insistir. A menina iria tirá-la da cama de qualquer jeito. Descobriu a cabeça e abriu os olhos. Usava uma touca prendendo os cabelos. Deu um bocejo demorado e depois cobriu a boca com a mão. Sentou-se na guarda da cama, localizou as pantufas e levantou-se. A camisola de flanela lhe caía até os pés. Tinha o busto forte e as cadeiras largas. Resmungando, atravessou o quarto e foi fechar a janela.

– Menina maluca. Mal clareia o dia e já sai nessa alaúza. Igualzinha ao pai.

Deteve-se um momento diante do espelho que cobria a porta central do guarda-roupa. Sacudiu a cabeça, desconsolada. Apenas os olhos castanhos sobreviviam da antiga beleza. Botou a língua para o espelho e começou a trocar de roupa. Dois anos depois da morte do marido, ainda usava luto.

Maria Cândida entrou triunfante com a bandeira na mão. Estendeu-a em cima da cama. Três faixas das cores verde, vermelha e amarela. Costuradas em diagonal.

– Pena que a gente não tenha um mastro... A senhora me ajuda a botar a bandeira na janela?

– Deixa eu lavar o rosto primeiro, Candoca. Calma que o mundo não vai acabar.

A bacia de louça, apoiada sobre um tripé, ainda estava com a água usada pela mocinha.

– Condoca! Eu já cansei de te dizer para despejares a tua água servida. Levei anos pedindo ao teu pai a mesma coisa.

– Desculpe, mamãe, não vou fazer mais. A senhora acha que a bandeira deve ficar ao comprido ou na horizontal?

– Ao comprido os moleques vão puxar a ponta, lá da calçada. Que dia infernal vai ser hoje, meu Santo Cristo. Começo a ter enxaqueca só de pensar na bulha.

Na janela, Maria Cândida lutava para prender a bandeira. Tanto fez que o pano lhe escorregou das mãos.

– Mamãe! A bandeira caiu no chão. Está lá embaixo, na calçada.

Dona Alice botou as mãos na cabeça.

– Pela alma do teu santo pai. Chega de me falar em bandeira. Vai ser um dia medonho... Desfile, missa festiva, almoço ao ar livre, cavalhadas, foguetório, baile popular.

– E nós vamos em tudo, mamãe. A senhora me prometeu.

– Vai buscar o raio dessa bandeira, Candoca! E não fala mais comigo antes do café. Senão eu esqueço os teus quinze anos e te dou uma surra de vara de marmelo!

Acostumada com as rabugices da mãe, que acabava lhe fazendo todas as vontades, a menina atirou-lhe um beijo e saiu do quarto. Desceu novamente a escada, saudosa do tempo em que podia escorregar pelo corrimão. Mas agora era uma moça e tinha que se controlar.

A sala de visitas ainda estava na penumbra. Era a peça mais atravancada de móveis. Capas de pano claro cobriam o sofá e as poltronas. Maria Cândida levantou a tranca da porta, puxou o ferrolho e espiou por uma fresta. A bandeira estava amontoada no chão, quase na esquina. A rua continuava quieta. Só viu a carroça do leiteiro subindo em direção à praça. Ninguém vai me ver de camisola. Pego a bandeira e volto correndo.

Descendo a rua transversal, já quase na esquina do sobrado, um cavaleiro percebeu a bandeira caída no chão. Era um moço de uns vinte anos de idade. Montava um cavalo tordilho e vestia a farda do Exército Republicano. Tinha as insígnias de tenente. Apeou-se e recolheu a bandeira. No mesmo instante, defrontou-se com uma moça morena, vestida apenas com uma camisola comprida. O tenente tirou o chapéu e cumprimentou-a com uma inclinação de cabeça. A moça olhou-o, assustada, com seus olhos grandes, de um castanho cor de mel. O moço sorriu.

– A bandeira é sua, senhorita?

– É sim. Caiu da janela. Eu... Não me olhe! Não tive tempo de mudar de roupa.

Arrancando a bandeira tricolor da mão do tenente, Maria Cândida deu-lhe as costas e saiu correndo para a porta. O moço ficou rindo, parado na esquina, com o chapéu na mão.

– Mamãe, a senhora nem imagina o que me aconteceu...

– Roubaram a bandeira!

– Não. Um moço a pegou e entregou para mim. Um moço fardado. Sorria com os dentes brancos. Um moço lindo, mamãe.

– Ele te viu assim, só de camisola?

– Ele me viu só um pouquinho. Mas acho que gostou.

– Candoca! Que coisa mais indecente... Uma moça como tu não...

– Vamos espiar para a rua. Talvez a senhora o conheça.

– Logo eu? Não conheço mais ninguém em Piratini. A cidade está cheia de estrangeiros.

Arrastada pela filha, Dona Alice chegou à janela. O tenente já ia longe, cavalgando pelo meio da rua Clara.

– Conhece, mamãe?

– Como é que eu vou conhecer o rapaz de costas e nessa distância? Muda essa roupa logo, Candoca. Se não, vamos chegar atrasadas na missa.

Maria Cândida pegou um vestido branco no roupeiro e foi para trás do biombo. Puxava a camisola pela cabeça quando começaram os tiros de canhão.

– Meu Santo Cristo, o que é isso agora?

– Está no programa, mamãe. Vão dar vinte tiros de canhão. Faz parte da alvorada festiva.

Os vidros tremiam nos caixilhos. Em toda a extensão da rua Clara, as portas se abriam. Cabeças surgiam nas janelas. Diante da igreja em construção, ao lado da Praça das Alegrias, o cavalo do tenente empinou-se e tentou corcovear. O rapaz dominou-o a custo. Uma mula preta passou a galope, zurrando, perseguida por um carroceiro. Em poucos minutos, as calçadas encheram-se de gente.

Desviando-se do movimento, o tenente dobrou à esquerda na Rua do Bom Fim e apeou-se diante de uma casa baixa, recém-pintada de azul. Abriu o portão e puxou o cavalo pelo cabresto até o pátio. Atou-o num galho do cinamomo e afrouxou-lhe a cincha. O animal ainda estava inquieto. Pelo bocal, que lhe apertava o queixo, via-se que ainda estava sendo domado.

– Só tu mesmo para montar num potro em dia de festa!

Sílvio levantou os olhos. Gomes Jardim estava na porta da cozinha. Com exceção do *redingote,* que deixara no espaldar de uma cadeira, já estava vestido para a missa. Sapatos de verniz, calça preta, camisa branca e colete xadrez. A gravata de tope ainda estava desatada. O cabelo branco, bem penteado para trás. Ao lado do marido, surgiu Isabel Leonor. Era um pouco mais alta que Gomes Jardim. Usava um vestido cinza-claro e uma mantilha preta, toda de renda. Os cabelos grisalhos penteados para cima. O rosto sem nenhuma pintura.

– Vem duma vez para dentro tomar café, menino!

Sílvio Jardim pediu a bênção do pai e beijou o rosto da mãe. Entrou na cozinha e acenou para Teodora, que se atarefava no fogão de lenha. Na copa, a mesa estava em desordem. Com exceção de Sílvio, a família já tinha tomado o desjejum. O tenente lavou as mãos na bacia de louça e veio sentar-se à cabeceira da mesa. Gomes Jardim montou na cadeira onde estava seu casaco e puxou um charuto do bolso. Isabel Leonor pegou o bule grande e serviu o leite na xícara do filho. Pegou o bule pequeno e derramou um pouco de café sobre o leite. Sílvio adoçou a mistura com mel. O açúcar andava escasso. Como todos os produtos de pequena produção no Rio Grande.

– Onde estão os bolinhos de polvilho?

Isabel Leonor estendeu-lhe o prato.

– Só estes pouquinhos?

– Teus irmãos também gostam de bolinhos.

– Horda de bárbaros... Mamãe, de quem é um sobrado branco, um sobrado de esquina, bem no alto da rua Clara?

– Perto da casa de azulejos?

– Mais para cima. Bem na esquina onde começa o calçamento.

Gomes Jardim foi quem respondeu.

– Acho que ele está falando no sobrado do falecido major Monteiro. Onde mora a viúva dele. Dona Alice D'Ávila Monteiro. Fui eu que assinei o decreto da sua pensão de guerra.

– É viúva moça?

– Para ti, não. Mas tem uma filha nova... Como é o nome dela, Leonor?

– É a Maria Cândida. Foi minha aluna de piano. Um amor de criatura.

– Que idade ela tem, mamãe?

– Uns quinze ou dezesseis anos. Para que tu queres saber? Ai, Ai, Ai. Isso está me cheirando a namoro.

Sílvio engasgou-se com um biscoito.

– Perguntei só por perguntar. Ela deixou cair uma bandeira da janela. Eu peguei do chão e entreguei para ela. Achei graça porque estava só de camisola.

Gomes Jardim deu uma risada.

– Só de camisola? No meio da rua? É moça séria essa Maria Cândida, Leonor?

– Ora, José... A pobrezinha deve ter saído correndo para pegar a bandeira. Ela é muito espontânea. Queres que eu te apresente, Sílvio?

– Não carece, mamãe. Perguntei só por perguntar.

Um sino começou a repicar. Muito próximo.

– Já está na hora da missa? Que horas são, José?

Gomes Jardim puxou o relógio do bolso do colete.

– Oito menos dez.

– A Caetana e o compadre Bento já devem estar nos esperando.

Algumas casas mais acima, na mesma Rua do Bom Fim, Bento Gonçalves esperava pela mulher. Estava fardado e com a espada à cinta. Recuperara seu aprumo habitual. Um ano após a fuga da Fortaleza do Mar, quase nada na sua aparência lembrava o prisioneiro que assustara o menino Curumim. Voltara a usar o rosto escanhoado, sem bigode. As suíças largas e o cabelo farto estavam um pouco mais grisalhos. Caminhou até a janela e espiou para a rua. Muita gente diante de sua casa. Voltou-se e atravessou a sala até a porta do quarto.

– Vamos, Caetana? Não gosto de me fazer esperar.

– Estou quase pronta, *mi amor*. Só um momentinho.

Bento contemplou a esposa com admiração. Continuava apaixonado por aquela mulher. Caetana era ainda esbelta e muito atraente para os seus quarenta anos. Tinha a pele clara, os olhos e os cabelos negros. O nariz afilado e a boca grande com lábios espessos, sensuais. Era discreta e de poucas palavras. Guardara um leve sotaque espanholado na sua voz musical.

– Estou pronta. Podemos ir.

As duas mucamas sorriam encantadas com a vestimenta da patroa. Caetana pusera o vestido predileto do marido: cor de vinho, ajustado até a altura dos quadris e dali se abrindo numa saia rodada, cheia de babados. Cobrira os ombros e o decote com um xale negro. Na mão esquerda trazia um livro de missa. Na direita, um leque fechado. De hastes nacaradas.

– Tu estás linda. Como sempre.

– Obrigada, *mi amor*. Tu também estás lindo.

Saíram para a frente da casa modesta. O corneteiro Nico, com todos os dentes à mostra, bateu continência para o general. Gomes Jardim e Isabel Leonor aproximavam-se de braços dados. O povo que cercava a banda de música e se apinhava nas calçadas começou a bater palmas. O maestro ergueu os braços e baixou-os, girando sincopadamente as mãos enluvadas. A banda rompeu num dobrado. Os instrumentos polidos brilhavam ao sol. A banda, com seu maestro Joaquim José de Mendanha, seus músicos e seus instrumentos, era uma presa de guerra. Fora tomada dos imperiais, em maio daquele mesmo ano, após a invasão de Rio Pardo. Somente os uniformes tinham sido trocados. Agora eram de cor amarela e escarlate.

– Que lindo dia, compadre!

– Feito de encomenda!

Jardim apertou a mão de Bento. Tinham que falar bem alto para se entenderem. Além da música, o sino continuava a repicar. As mulheres se beijaram no rosto. Os homens beijaram a mão das mulheres. Tudo de uma forma solene. Como se não se vissem há muito tempo.

A banda parou de tocar. O povo aplaudiu com entusiasmo. O maestro fez uma reverência e abriu caminho em direção ao Presidente. Parecia nervoso. Suava muito. Bento apertou-lhe a mão.

– Está ótima a banda, maestro. Meus cumprimentos.

– Obrigado, general. Depois da missa, tenho uma surpresa para o senhor.

– Está bem. Agora devemos ir.

Muita gente na praça. Carroças, charretes, tílburis se acumulavam pelas ruas laterais. Correria de crianças. Relinchos de cavalos. Guaipecas vadios cheirando pelos cantos. Alguns pombos voando pelo céu azul. A igreja, de estilo gótico, era consagrada a Nossa Senhora da Conceição. Tinha uma torre alta, terminada em cúpula, onde repicava o sino. A outra torre ficara pela metade, coberta de andaimes. O interior fora concluído e pintado há pouco tempo. Ainda se sentia o cheiro forte da tinta. Todos os altares estavam iluminados. Os bancos e os corredores repletos de gente endomingada. O padre, já paramentado, espiou por uma porta lateral ao altar-mor. Aguardava apenas a chegada do Presidente para começar a cerimônia.

A primeira fila de bancos estava vazia. Na segunda fila, sentavam-se o Vice-Presidente da República, José Mariano de Matos e os ministros Domingos José de Almeida e José Pinheiro de Ulhoa Cintra, com suas esposas. Na terceira fila, o presidente da Câmara Municipal de Piratini, Vicente Lucas de Oliveira, que também acumulava o cargo de Ministro da Justiça, conversava discretamente com o general Antônio de Sousa Netto. O vencedor da batalha do Seival mantinha o busto erguido, o olhar atento às mulheres. Leques abertos escondiam cochichos. Muitos olhares maliciosos se dirigiam ao coronel David Canabarro. Ele casara recentemente com sua própria tia, Eufrazina Ferreira. Mulher miudinha ao lado do homenzarrão de cara larga e cabelo ralo, penteado para frente. No mesmo banco, estavam ainda o coronel João Antônio da Silveira e o major Jacintho Guedes da Luz. Deste último, se contavam mil façanhas. Sua figura imponente atraía muitos olhares. Cabeleira pelos ombros, barba hirsuta, uma cicatriz de bala no nariz proeminente. Seus soldados o idolatravam. E os mais fanáticos traziam no chapéu a seguinte divisa: *Sou do Guedes, morro seco e não me entrego.* Mais para o centro da nave, em local discreto, o povo identificara Maria Joaquina, a viúva do general João Manuel. Toda de preto, ela sentara-se entre o irmão Afonso Corte Real e o coronel Onofre Pires da Silveira Canto. De pé, ao lado de uma coluna, o sargento Cosme olhava para a ponta das botinas. Duas fileiras mais atrás, Luigi Rossetti falava em italiano com Giuseppe Garibaldi. Suas mãos, manchadas de tinta preta, gesticulavam durante a conversa em voz baixa. Rossetti conseguira realizar seu maior sonho. Desde o dia 1.º de setembro, estava sendo impresso em Piratini o jornal *O Povo.* Órgão oficial da república, o periódico estava saindo regularmente às quartas-feiras e aos sábado. A folha avulsa custava oitenta réis e a assinatura semestral quatro mil-réis. Garibaldi ouvia distraído. Seus olhos não se afastavam da moça Manuela, noiva de um dos filhos de Bento Gonçalves.

O órgão começou a tocar uma música sacra. Muitas cabeças se voltaram para a entrada da igreja. O povo abria passagem para Bento Gonçalves e sua comitiva. Diante do corredor central, o Presidente da República pôs um joelho no chão e fez o sinal da cruz. Ajudou Caetana a levantar-se e caminhou sorrindo em direção ao altar.

Durante o longo *Te Deum,* o tempo começou a mudar. Diante de sua fábrica de cerveja, Lucindo Brum olhou preocupado para o céu. Se chovesse, ele arriscaria perder a encomenda de 20 barris de cerveja para o almoço popular. Os barris estavam sendo rolados pelos seus ajudantes e colocados dentro de dois carroções de quatro rodas, estacionados diante da porta. Um primeiro trovão ribombou ao longe. No alto da Rua do Bom Fim, os irmãos Gonzaga saíram ao mesmo tempo para a calçada; eram os fogueteiros da cidade e ainda trabalhavam nos fogos de artifício. O espetáculo pirotécnico estava previsto para o entardecer. Se chovesse, também seria cancelado.

– E o dia nasceu tão lindo!

– Pode ser só armação. Vamos perguntar a opinião do velho Matias. Ele é vaqueano nessas coisas de tempo.

Caminharam lado a lado até o teatro Sete de Abril, situado na rua atrás da igreja. O velho Matias era o vigia do teatro. Também estava atarefado, com a mulher e as netas, pendurando bandeirolas coloridas. Era ali que se realizavam os bailes mais importantes de Piratini.

– Se chover, não sai baile. O telhado está cheio de goteiras.

– E será que chove mesmo, seu Matias?

O velhinho cuspiu pelo meio dos dentes falhados e olhou para o céu, as mãos nas cadeiras. Uma barra escura avançava do lado sul. O vento já sacudia as bandeirolas tricolores.

– Acho que não nega fogo. Vai ser tormenta das grandes.

Os fogueteiros se olharam desconsolados.

– Quem vai negar fogo somos nós; vamos entupir com pilhas de foguetes.

– Quem sabe o seu Almeida indiniza voceis?

– Aquele mão de mulita? Acho que dorme em cima do dinheiro do governo.

Diante da igreja, o maestro Mendanha dispunha a banda e os meninos do coro orfeônico no lado direito da Praça das Alegrias. No lado esquerdo, fora montado um palanque para as autoridades. O maestro estava agitado. A algazarra era geral. Um corisco riscou o céu de alto a baixo. O trovão roncou logo em seguida. Muito próximo.

– Santa Bárbara e São Jerônimo!

– O melhor seria dispensar essas crianças.

– De jeito nenhum. A missa já está acabando.

– E eles ensaiaram tanto, coitadinhos!

Os coitadinhos se davam coices nas canelas. Puxavam os cabelos uns dos outros. Diziam nomes feios em voz alta. Punham a língua para o maestro cada vez que ele virava as costas.

A missa terminou. O povo começou a sair da igreja e a espalhar-se pela praça. O céu estava toldado de nuvens. O vento soprava forte. Mulheres desciam as escadarias segurando a barra dos vestidos. Homens corriam atrás dos chapéus. As autoridades subiram no palanque. O maestro Mendanha ergueu os braços e pediu silêncio. Sua voz esganiçada era enfraquecida pela ventania.

– O espetáculo músico-vocal que iremos apresentar nos foi encomendado pelo Excelentíssimo Senhor General Antônio de Sousa Netto, notório apreciador das musas. Peço a ele que diga algumas palavras de dedicatória e de esclarecimento ao respeitável público.

Netto adiantou-se para a primeira fila do palanque. Torceu as pontas do bigode, enquanto esperava por silêncio. Sua voz acostumada ao comando soou clara em todos os rincões da praça.

– Meus concidadãos da República Rio-Grandense! Cidadão Bento Gonçalves da Silva, nosso general e presidente! Autoridades civis, militares e eclesiásticas! Minhas senhoras e gentis senhoritas! Bravos companheiros de armas! Comemoramos na data de hoje, pelas graças do Altíssimo, o terceiro aniversário de nossa revolução vitoriosa. Há exatamente três anos, o cidadão José Gomes de Vasconcelos Jardim, aqui presente, atravessava o rio Guaíba com seus soldados e com seus sete filhos varões. Na margem esquerda o esperava aquele homem que ali está: o já legendário coronel Onofre Pires da Silveira Canto, para juntos invadirem Porto Alegre e escorraçarem a alcateia de retrógrados que se assenhorara do Poder. Desde aquele dia 20 de setembro de 1835, em três anos de inquebrantável sacrifício, soubemos plasmar a nossa independência e, com os escombros do império decadente, começamos a erguer o edifício sólido da nossa República!

– Muito bem! Muito bem! Bravos!

Sílvio Jardim desviou os olhos do orador e continuou a procurar a moça morena no meio do povo. Tinha certeza de que ela estava por ali. Já conseguira identificá-la durante a missa. Sabia que ela estava vestida de branco, as tranças presas com uma fita tricolor. A chuva não tardaria a cair. O vento continuava forte, espalhando a voz vibrante do general Netto.

– ... em muitos feitos de guerra! Não vos falarei dos homens livres que derramaram seu sangue pela Pátria. Lembrarei apenas que assististes, nesta mesma praça, ao alvorecer da Nação que idolatramos. Naquele inolvidável dia 6 de novembro de 1836, dia em que elegemos o primeiro governo do novel Estado soberano, coube ao major Joaquim Teixeira

Nunes, hoje coronel e aqui presente, a honra de conduzir a bandeira nacional ao altar da Igreja de Cristo. Depois de consagrado, o pavilhão tricolor foi conduzido em procissão pelas ruas desta cidade, sob os aplausos e a emoção do mesmo povo livre que hoje se encontra nesta praça. O bravo povo de Piratini! O bravo povo do Rio Grande!

O bravo povo aplaudia com entusiasmo. Sílvio sentiu a respiração curta. Identificara a moça morena no meio da multidão. Maria Cândida também o viu e encorajou-o com um olhar intenso. Sílvio abriu caminho até junto da moça. Sem dizer palavra, postou-se a seu lado. Sorriram com ar cúmplice. Dona Alice não tirava os olhos do orador.

– ... banda de música, conquistada na batalha do Rio Pardo! Além da bandeira e do escudo das armas, a nação rio-grandense ganhará mais um símbolo da sua Independência! Cidadãos livres de Piratini! Em vossa homenagem e em homenagem ao nosso Presidente Bento Gonçalves da Silva, que ressuscitou das masmorras do Império para guiar-nos com sua espada e seu patriotismo, ouviremos o Hino Farroupilha. A música foi composta pelo nosso admirável Maestro Joaquim José de Mendanha. A letra é da lavra do poeta patrício Francisco Pinto da Fontoura. A eles peço os mais calorosos aplausos de todos os presentes!

Netto calou-se e foi recebendo os cumprimentos das autoridades, que apinhavam o palanque. O maestro inclinou-se, agradecendo os aplausos. Mas ninguém conseguiu localizar o poeta, para aplaudi-lo. Francisco Pinto da Fontoura, mais conhecido como *Chiquinho da Vovó*, dormia sossegadamente em sua casa na Rua da Cadeia. Como de hábito, bebera demais na noite anterior. Mendanha bateu palmas e tomou a palavra.

– Senhoras e senhores! Senão por modéstia, ao menos a bem da verdade, devo informar que a música do hino que ides escutar é um simples arranjo, feito por mim, sobre uma imortal composição de Strauss.

Dito isso, o honesto Mendanha ergueu os braços e baixou-os de repente. A banda tocou a introdução do hino republicano. Os meninos do coro orfeônico, agora concentrados, começaram a cantar, sob o olhar embevecido dos pais.

Como a aurora precursora
Do farol da divindade.
Foi o Vinte de Setembro
O precursor da liberdade.

No alto do céu, o farol da divindade se escondera atrás de nuvens negras. Os primeiros pingos de chuva começaram a cair. Algumas pessoas foram abandonando a praça. Sílvio tentou pegar a mão de Maria Cândida e quase foi surpreendido por Dona Alice. O maestro sacudia os braços, entusiasmado. O coro orfeônico atacou o estribilho.

Mostremos valor, constância,
Nesta ímpia e injusta guerra,
Sirvam nossas façanhas
De modelo a toda a terra,
Sirvam no-ossas façanhas
De moo-delo a too-da terra.

A chuva caiu em catarata. Não houve tempo de cantar mais. Autoridades, povo, músicos, o próprio maestro, correram a buscar abrigo dentro das casas próximas. Um raio estourou a poucos passos de distância. Sílvio e Maria Cândida, de mãos dadas, subiram correndo as escadas da igreja. Da mesma forma que iriam descê-las, bem mais devagar, cinco meses depois, como marido e mulher.

No livro de matrimônios da Igreja de Nossa Senhora da Conceição ficaria registrado o casamento do tenente Sílvio Gomes Jardim com a senhorita Maria Cândida d'Ávila Monteiro, como o último realizado em Piratini durante o período em que foi Capital Farroupilha. Por razões de ordem estratégica, o governo mudou-se para Caçapava do Sul, no dia 14 de fevereiro de 1839, exatamente dois dias após o casamento. Pela rua Clara, saiu a caravana serpenteando em direção ao norte. Rodas pesadas tiravam sons cavos do calçamento irregular. Lenços brancos abanavam das janelas. Doía no coração de todos, o fim de um período de luz. Época que ficaria gravada para sempre, como uma aura de magia, nos casarões e nas ruas estreitas de Piratini.

Anita Garibaldi

Ana acordou-se. Uma mão áspera lhe acariciava o seio. Mão que ela sabia estreita e com os dedos longos. Dedos de unhas compridas. Sempre sujas. A mulher afastou a mão e virou-se de lado. O homem aconchegou-se mais. Ana sentiu-lhe a respiração quente na nuca. A mão lhe descendo pela curva das ancas. Afastou-a novamente e deitou-se de costas. O homem prendeu-lhe os ombros com as duas mãos e tentou beijá-la. Ana cortou a respiração para não sentir-lhe o cheiro. Uma mistura de suor ácido e couro curtido. Um cheiro ainda pior, aquela noite. Com um algo mais indefinível e asqueroso. O cheiro do medo. O odor adocicado que exala dos covardes.

Quase sufocada, Ana empurrou o marido e respirou a plenos pulmões. Depois, falou-lhe em voz baixa, quase suplicante.

– Por favor, Manoel. Hoje, não.

– Por que não, Aninha? Talvez seja a nossa última vez. Daqui há pouco eu vou-me embora. Talvez os republicanos me peguem, me matem.

Ana afrouxou um pouco o corpo. Manoel subiu-lhe com voracidade. Babujando-lhe o rosto. Dizendo palavras obscenas. Respirando cada vez com maior ruído. Ana desviou o pensamento para longe dali. Para fora daquela casa, ao lado da igreja, onde vivia com seu marido, o sapateiro Manoel Duarte. Elevou sua mente por cima do homem que a cavalgava e buscou refúgio no alto do morro. Ali o vento lhe purificava o corpo. A solidão lhe trazia pensamentos bons. A imensidão da natureza lhe reacendia a fé.

Galopando sozinho, Manoel chegara ao auge da excitação.

– Aninha! Vem comigo. Agora! Agora! Sente comigo! Talvez seja... a nossa... A nossa última vez.

O homem derreou-se sobre a mulher imóvel. Saciado fisicamente. O corpo amolecido como um batráquio. Ana afastou-o sem brusquidão e levantou-se da cama. A escuridão era completa. Tateando pelas portas do roupeiro, caminhou de pés descalços até o lavatório. Pegou uma toalha e mergulhou-a na água do jarro. A água estava fria. A noite também. Ana torceu a tolha e começou a passá-la pelo corpo. Manoel não a via. Só escutava os ruídos.

– Queres que eu acenda uma vela?

– Não é preciso.

– Que horas serão?

– Não tenho a menor ideia.

– Acho que já é mais de meia-noite. Até os arruaceiros já foram dormir.

Ana secou-se com uma toalha macia e trocou de roupa. Tremia de frio. Procurou um xale de lã no armário e colocou-o sobre os ombros.

– Vem deitar, Aninha. Está muito frio.

– Se tu vais mesmo, o melhor é não perderes tempo.

– Tu estás louca que eu vá embora, não é verdade?

– A decisão foi tua. No teu lugar, eu lutaria pelos farroupilhas.

– Já cansei de te explicar, Aninha. Os rio-grandenses invadiram Santa Catarina de surpresa. Mas não poderão ficar aqui a vida toda. O Império vai mandar tropas e navios do Desterro, de São Paulo, do Rio de Janeiro. Quando o coronel Villas-Boas retomar Laguna, ele vai vingar-se de cada um desses miseráveis republicanos. Vai mandar suplíciar todos os traidores. Eu não tenho culpa de nada. Só fiquei aqui porque não tive tempo de fugir. Sou um homem de bem. Tenho ódio de toda essa gente que invadiu Laguna. Desses negros fardados que parecem os donos do mundo. Desse coronel Canabarro que mandou soltar os escravos. Agora todos o bajulam porque ele é o mais forte. Mas e depois?

Manoel estava apavorado. Aquela cama lhe parecia o único refúgio garantido. Todos em Laguna sabiam da sua ligação com o coronel França, o Juiz de Paz, que fugira antes da invasão dos farroupilhas. Os comerciantes ricos da Laguna também haviam partido precipitadamente. Manoel era pobre, mas aspirava ser rico. Sisudo, só sabia sorrir para as pessoas de posses. Em especial para o Juiz de Paz, que sofria de calos e usava botinas que só o caro Manoel sabia fazer. E agora somente os pobres e alguns republicanos malucos haviam ficado na vila. Os negócios iam mal e ele andara resmungando coisas. E o pior de tudo é que não quisera ir aos festejos de instalação da República Catarinense. Agora teria de fugir. Sair pelos matos, sozinho, à procura das tropas imperiais. Malditos rio-grandenses! Negrada infame que olhava os brancos como iguais. Gringos de fala arrevesada. Índios vestidos de gente. Todos correndo a cavalo pelas ruas estreitas. Invadindo as casas dos homens honestos que partiram. Olhando com luxúria para as mulheres. Especialmente para a sua.

– Gostaria que tu fosses comigo, Aninha. Temos algum dinheiro. Poderemos começar tudo de novo em outro lugar.

– Não vamos mais discutir este assunto. Não vou deixar os meus amigos, a minha mãe, para correr os matos atrás de pessoas que eu sempre desprezei.

– Mas são essas pessoas que comandam, Aninha. São elas que têm dinheiro e poder.

– Agora nós temos uma república. E eu quero lutar por ela.

Manoel mastigou um palavrão e levantou-se. Detestava a teimosia da mulher. Nunca conseguira submetê-la. E agora era tarde demais. Pegou o isqueiro de pederneira e riscou-o diversas vezes. As mãos lhe tremiam. Ana olhava as faíscas, sem sair do lugar. Seu pensamento voava para a casa da mãe, na beira da praia. Depois que Manoel partisse, fecharia a casa e iria viver ali. Dona Maria Antônia era viúva há muitos anos.

Criara os filhos com sacrifício. Ana fora obrigada a casar com quatorze anos. Menos uma boca a sustentar. Os irmãos mais moços, Salvador e Bernardo, tinham morrido pequenos. Desnutridos, foram ceifados pela mesma doença. Manoel Duarte de Aguiar não era rico, mas vivia numa casa boa, ao lado da igreja de Santo Antônio dos Anjos. Seu ofício lhe garantia folgadamente o sustento. A mãe de Ana não tivera culpa. A culpa era da miséria. A culpa era dos prepostos do Império, que só sabiam enriquecer.

Manoel conseguira acender a vela. Saiu a caminhar pelo quarto, tossindo, praguejando, procurando coisas pelas gavetas. Depois de muitas delongas, vestiu um casaco grosso e colocou um gorro de lã na cabeça. Gaguejou as últimas recomendações. A oficina deveria ficar fechada. Ele lamentava, mas teria de levar quase todo o dinheiro. Mas que Aninha não se preocupasse. Ele não tardaria a voltar junto com as tropas que libertariam Laguna.

– Não te mete com esses republicanos. Essa raça nojenta vai me pagar todas as humilhações.

Manoel saiu pela porta dos fundos e se foi pela rua estreita, roçando as paredes. Ana trancou a porta e voltou para o quarto. Apagou a vela e sentou-se na beira da cama. Malgrado seu, uma sensação de angústia lhe oprimia o eito. Foi até a janela, abriu o postigo e espiou para a rua. Bem diante da casa, a face lateral da igreja cobria-lhe a visão. Acima das torres brancas, algumas estrelas brilhavam entre as nuvens. O vento amainara. Ana respirou fundo o ar frio, com cheiro de maresia. O silêncio era completo.

Ana fechou a janela e voltou para a cama. Encolheu-se toda e puxou o cobertor sobre a cabeça. Não estava sentindo a sensação de alívio que tanto esperara. O remorso lhe roía a mente. Desde que vira pela primeira vez aquele homem dourado, aquele corsário de barbas e cabelos louros que a devorava com os olhos, nada mais fizera para deter Manoel a seu lado. Ao contrário, tudo fizera para apressar sua fuga. O homem louro povoava todos os seus pensamentos. Pensando nele, sentia-se melhor. Mas logo sua mente imaginava Manoel a caminhar pela mata do sopé do morro. Via as sentinelas atentas que o surpreendiam. O homem fugindo, desesperado, afundando-se na areia das dunas. Lentamente, o soldado erguia a arma e mirava as costas do fugitivo. Ana levantou-se e deu um grito. Ouvira nitidamente um tiro de carabina. Não. Não era verdade. Fora apenas sua imaginação. Correu a abrir a janela. O mesmo silêncio. As estrelas surgindo e desaparecendo entre as torres da igreja. Era preciso rezar. Pedir perdão a Deus. Mas o homem dourado não lhe saía da mente. Respirou várias vezes, mordendo a mão fechada para não gritar. Voltou a deitar-se e ficou de olhos abertos na escuridão. Tentava rezar, mas as palavras lhe soavam ocas e se misturavam em sua cabeça. Os galos começavam a cantar, quando conseguiu adormecer.

No seu camarote, a bordo do *Rio Pardo*, o homem barbudo e louro acordou-se com as primeiras luzes da manhã. O barco estava ancorado na enseada, em frente à vila de Laguna. Garibaldi levantou-se e saiu para o tombadilho. Alguns marinheiros já estavam de pé. Outros ainda dormiam enrolados nos ponchos de lã. Ao lado da escuna, o lanchão *Seival* atraiu-lhe o olhar. Era um barco pequeno, de dois mastros, que arqueava apenas doze toneladas. Mas era o grande herói da tomada de Laguna. Com aquele único lanchão, os farroupilhas haviam dado apoio às tropas de terra e apavorado os defensores imperiais. Na fuga, além de muitas armas e munições, cinco navios haviam sido abandonados. A escuna *Libertadora*, que Garibaldi rebatizara de *Rio Pardo* e elegera como nau capitânia, era o maior deles. O americano John Griggs assumira o comando da outra escuna, agora chamada *Caçapava*, deixando o *Seival* a cargo de Lourenço Valerigini. Inácio Bilbao comandava a canhoneira *Sant'Ana*, Manoel Rodrigues capitaneava a *Lagunense* e João Henrique a *Itaparica*. Todos esses barcos estavam ali, ao alcance da vista. Depois de três anos de improvisações, o capitão-tenente Giuseppe Garibaldi, comandante da marinha farroupilha, tinha uma esquadra a sua disposição. Mas nem isso conseguia alegrá-lo. O preço tinha sido muito alto. O preço da vida de dezesseis marinheiros. Afogados no naufrágio do *Farroupilha*.

Garibaldi acenou para Valerigini, que se atarefava com seus homens a bordo do *Seival*. Todos os barcos estavam em reparos. A qualquer momento deveriam partir dando apoio às tropas de Canabarro, que marchariam sobre a capital de Santa Catarina. Garibaldi pediu um mate ao cozinheiro de bordo. Pegou da cuia e sentou-se junto à amurada. As águas da laguna estavam calmas. Aves marinhas voavam sobre duas canoas de pesca que arrastavam uma rede. Alguns homens e mulheres já esperavam na praia. Os homens em fila, a cem passos um grupo do outro, puxando as duas pontas da rede. As mulheres levando cestos para recolherem os peixes. Garibaldi entregou a cuia ao cozinheiro e pegou o binóculo que trazia a tiracolo. Nenhuma daquelas mulheres era a moça morena de grandes olhos negros. A mulher que vivia na casa amarela de janelas verdes, ao lado da igreja. Correu o binóculo pelo casario que se espalhava do ancoradouro até o sopé do morro. Hoje ficaria de plantão até a moça aparecer novamente. E falaria com ela. Custasse o que custasse.

– Mais um mate, capitão?

– Aceito, *grazie*.

Garibaldi sorveu o líquido amargo e pensou em Manuela. A moça loura e de olhos azuis que por tanto tempo lhe inspirara amor. Manuela vivia na estância de Don'Ana, uma irmã do presidente Bento Gonçalves, perto do lugar em que o rio Camaquã deságua na Lagoa dos Patos. A duas léguas da sede da fazenda, na embocadura do rio, os farroupilhas tinham o seu estaleiro. Ali haviam sido construídos os dois lanchões, *Seival* e *Farroupilha*. Sempre que possível, o capitão ia visitar Don'Ana, que o tratava como filho. Depois da ceia, cantava e declamava poemas em italiano e francês. Moço de trinta anos, com seu cabelo louro veneziano e sua barba nazarena, com seus olhos azuis cintilantes de paixão, o italiano buscara em vão um sinal de amor no rosto de Manuela. Mas a *ragazza* era noiva de um dos filhos de Bento Gonçalves. E mantinha-se distante de todos os seus olhares. Até o dia em que Chico Pedro atacara o estaleiro farroupilha. Garibaldi sorriu amargamente. Devia ao maior inimigo da República, ao famigerado major Francisco Pedro de Abreu, mais conhecido como *Moringue*, a primeira reação apaixonada de Manuela.

Tudo acontecera numa manhã de nevoeiro. Cerca de sessenta homens trabalhavam na construção dos barcos. Mas apenas Garibaldi e o cozinheiro estavam na frente do galpão. Os demais se espalhavam pelas matas, cortando madeira, ou tinham saído a pescar. Todos sabiam que os caramurus andavam pela região. Avisos não tinham faltado.

– Cuidado, meu capitão. O Chico Pedro anda por perto. E o senhor com esses marinheiros que mal sabem andar a cavalo...

– Obrigado, amigo. Mas não se preocupe com os meus soldados marinheiros. Apeando-se dos cavalos, eles são leões.

Estranha gente acompanhava Garibaldi. Homens como o americano John Griggs, mais conhecido como *João Grande*, pela sua estatura e corpulência. Americano por adoção, porque realmente nascera na Irlanda. Por lá fora vigário e depois diretor de uma espécie de refúgio de raparigas. Expulso por não resistir ao encanto das moças, partira para os Estados Unidos e lá, unira-se à seita Quaker. Como os *quakers* eram proibidos de usar armas brancas ou de fogo e de derramar sangue de seus irmãos, usava como arma apenas um bastão. Nas emergências, embora a contragosto, brandia-o com sua força hercúlea, derrubando os adversários sem verter sangue. A cada um que matava, costumava encomendar a alma com um versículo dos salmos: *Senhor, recebe mais este em tua misericórdia.* Havia um catalão, um biscaíno, sete italianos, muitos mulatos e alguns negros libertos. Um grupo indisciplinado, mas valente. E extremamente leal ao capitão.

Chico Pedro e seus caramurus, uma centena deles, surgiram de repente diante do estaleiro. Protegidos pela neblina saíram de um mato próximo ao galpão onde estavam apenas Garibaldi e o cozinheiro. Estourou a fuzilaria de todos os lados. Cavalarianos corriam de lança em riste. Os dois homens mal tiveram tempo de correr para dentro do galpão. Ali havia muitas armas carregadas. Garibaldi pegou uma delas e atirou sobre os atacantes. Descarregada a primeira, passou para a segunda carabina. O grupo de caramurus era tão compacto que seus tiros não erravam o alvo. Dois, três, quatro soldados imperiais caíram mortos. O cozinheiro, mau atirador, apenas alcançava as armas para o capitão. Os caramurus recuaram e atacaram de novo. Atraídos pelo tiroteio, nove marinheiros conseguiram entrar pelos fundos do galpão. Carniglia foi o primeiro deles. Logo seguido por Matru, Bilbao, Rafael, Procópio. Este último era um dos melhores atiradores do grupo. A situação equilibrou-se um pouco. Chico Pedro tinha perdido muitos homens e resolveu recuar. Usaria uma tática mais de acordo com sua fama de esperteza. Preparou-se para atear fogo ao galpão. Sufocados pela fumaça, os farroupilhas teriam de abandonar o abrigo. O plano não poderia falhar. Já os primeiros archotes voavam pelos ares quando o comandante imperial foi ferido. Um tiro certeiro do negro Procópio quebrara seu braço direito. Perturbado pela dor, *Moringue* mandou tocar a retirada. Quinze caramurus estavam mortos. Muitos outros feridos. Garibaldi perdeu apenas três dos seus marinheiros. Por esses azares da guerra, a luta encarniçada de onze homens havia derrotado mais de cem.

Sabendo do ataque ao estaleiro, Manuela não conseguiu esconder seu temor. E quando Garibaldi voltou à estância de Don'Ana, seu primeiro olhar notou-lhe a mudança no rosto. Ela o amava também. Tudo era uma questão de saber esperar. Garibaldi partira para Santa Catarina na certeza de que voltaria para buscar Manuela. E agora mal conseguia recordar seu rosto. Apagado que fora por um rosto moreno. De grandes olhos negros.

– Terminou o alcatrão, comandante. Posso ir a terra buscar mais?

– Como? Sim, claro. Mas passe antes pelo *Caçapava* e diga ao tenente Griggs que pode vir e trazer os mapas.

Garibaldi despachou o marinheiro e ergueu novamente o binóculo. As duas filas de pescadores, que puxavam a rede, já estavam bem próximas uma da outra. Diversas mulheres esperavam por perto. Tagarelando. Gesticulando. Chamando para perto de si as crianças que corriam pela praia. Nenhuma delas se parecia com o seu amor. O italiano fixou a luneta em outra direção.

No extremo sul da enseada, havia um grande número de soldados em exercício. Novos recrutas chegavam a cada momento dos arraiais do interior. Mais para o centro da vila, Garibaldi focalizou o binóculo no prédio da Câmara Municipal. Casa de dois pisos, branca com aberturas verdes, coberta de telhas portuguesas. Duas janelas gradeadas no térreo identificavam a prisão. Dentro dela estavam os carcereiros caramurus e alguns oficiais aprisionados no dia 22 de julho de 1839, dia da tomada de Laguna. Exatamente na data em que Garibaldi completara trinta e dois anos. No andar superior, onde funcionava a Câmara, apenas duas janelas. A porta de entrada está no topo de uma escada externa, do lado direito do prédio. Próxima ao sino usado para convocar os cidadãos. Muitos deles, civis e militares, sobem e descem a escada, parecendo atarefados. Naquele andar superior, deve estar Luigi Rossetti, ocupado com suas funções de secretário da Divisão Libertadora e do novo governo republicano. O comandante das tropas rio-grandenses, coronel David Canabarro, é um grande guerreiro, mas pouco afeito às letras. O recém-eleito Presidente da República Catarinense, Padre Vicente Cardoso, é letrado, mas pouco entende de administração. Rossetti, que havia deixado o jornal *O Povo* a cargo do Ministro Almeida, em Caçapava, se desdobra para preencher todas as lacunas. Garibaldi o vê raramente. E sente muita falta do amigo. Principalmente agora que perdeu Eduardo Matru, seu companheiro desde a infância e, como ele, condenado à morte na Itália.

Nascido em Nice, na costa da Ligúria, Giuseppe Garibaldi estava destinado ao mar. Filho e neto de marinheiros, desde pequeno acompanhou seu pai, Domenico Garibaldi, em suas viagens de cabotagem pelo Mediterrâneo. A Itália é, então, um caldeirão em efervescência. Em cada porto que tocam, se fala em revolução. As ideias semeadas pelos franceses brotam principalmente em Milão, dominada pelos austríacos. Garibaldi aprendeu cedo a admirar o genovês Mazzini, também de prenome Giuseppe. Mazzini pregava a *Giovine Italia,* uma pátria *libera, unita, independente e republicana.* Mas não perdia de vista a Humanidade como um todo. Para ele, a organização federativa era a única forma política de sustentar as repúblicas. Assim, em qualquer lugar do planeta, a insurreição de uma nação contra os exploradores do povo contaria imediatamente com a ajuda concreta de outras nações livres. Os mazzinianos preparavam um levante no reino da Sardenha. Garibaldi participou da sedição fracassada e foi condenado à morte. Para fugir aos austríacos, em 1836, embarcou para o Brasil.

No porto do Rio de Janeiro o espera Luigi Rossetti. Uma simpatia recíproca une os dois compatriotas. No modesto albergue do Largo dos Passos, Garibaldi explica seus planos de unir-se aos revolucionários brasileiros. Com grande emoção, conta a Rossetti seu encontro com Barrault, um adepto de Saint-Simon, o precursor do socialismo moderno. Segundo eles, o homem que defende a sua pátria ou por ela ataca outro país é apenas um soldado. Mas o homem que tem como pátria o mundo e combate a tirania em qualquer parte, é muito mais do que um soldado, é um herói.

– *Non ho più dimenticato queste idee. Lo ho fatte mie.*

Rossetti, já ambientado no Brasil, trata de aproximar Garibaldi dos farroupilhas. Depois de inúmeras dificuldades, obtém permissão para visitar o italiano Zambecari, prisioneiro na fortaleza de Santa Cruz. Numa masmorra infecta, Garibaldi é apresentado a Bento Gonçalves e engaja-se na revolução. Poucos meses depois, recebe do general João Manuel de Lima e Silva uma *Carta de Corso,* autorização oficial para aprisionar barcos brasileiros em nome da República Rio-Grandense. Assim sendo, numa bela manhã de primavera, uma pequena embarcação que opera no transporte de cereais e aguardente desliza pelas águas da baía de Guanabara. Seu nome fora mudado para *Mazzini.* Dentro dela vão Garibaldi, Rossetti e outros compatriotas. Passam pelas fortalezas da Laje e Santa Cruz, onde ainda estão Bento Gonçalves e Zambecari, e se fazem ao mar. Próximo às ilhas Maricá, arvoram o pavilhão tricolor. Pela primeira vez a bandeira republicana era içada nas águas do Oceano Atlântico.

– O tenente Griggs pede autorização para subir a bordo, comandante.

– Autorização concedida.

John Griggs nunca perdia o formalismo. Recebida a autorização, subiu a bordo e bateu continência ao capitão. Trazia um rolo de mapas debaixo do braço. Garibaldi teve vontade de abrir-se com ele. De falar nos companheiros mortos no naufrágio do *Farroupilha.* Mas o *João Grande* não sabia encorajar demonstrações de afeto. E não era *frattello* de Matru, de Staderini, de Luigi Carniglia.

As palavras de Griggs soavam com um zumbido monótono aos ouvidos de Garibaldi. Ansiava por estar só. Por espreitar a mulher morena que o fascinava. Queria pensar nos amigos mortos. Queria reviver, como um castigo, cada momento que antecedera o naufrágio. Concordou com todas as opiniões do americano e despachou-o. Retomou o binóculo e continuou a vigiar a enseada. Prometera a si mesmo que hoje confessaria seu amor àquela mulher. Fosse ela casada ou não, como lhe vieram contar. Pouco a pouco, na sua imaginação, foi surgindo um areal varrido pelo vento. Uma paisagem agreste cortada por estranha caravana; por longa e incrível procissão.

Tudo começara três meses depois do ataque de *Chico Pedro* ao estaleiro farroupilha. Há muito tempo, Bento Gonçalves pregava a necessidade de levar a revolução para além do Rio Grande. A ajuda que recebera dos liberais do Rio de Janeiro e da Bahia provocou-lhe uma declaração oficial:

– Os rio-grandenses, debaixo dos auspícios do Sistema Republicano, estarão sempre dispostos a se federarem às províncias brasileiras que adotarem o mesmo sistema.

Lajes já estava em poder dos liberais. Bento Gonçalves resolveu enviar Canabarro e Teixeira Nunes por terra e Garibaldi por mar para invadirem Laguna. Assim auxiliariam os republicanos locais a proclamarem a sua independência e ganhariam um porto de mar. Rio Grande e São José do Norte continuavam inexpugnáveis. Todo o comércio farroupilha tinha de ser feito através de Montevidéu. E o presidente Oribe andava de muito mau humor nos últimos tempos.

Naquela época, Garibaldi estava confinado a fazer seu *corso* nas águas internas da Província de São Pedro. Principalmente junto às margens da Lagoa dos Patos, espécie de mar interior que acompanha o litoral rio-grandense desde Porto Alegre até o porto do Rio Grande. Por ali, não conseguiria passar, devido à vigilância da frota imperial. Restava utilizar um expediente ousado. Transportar os barcos por terra, atravessando a faixa de areia da lagoa ao oceano.

Perseguidos pelos navios do almirante inglês Greenfell, o mesmo que derrotara Bento Gonçalves e Onofre na ilha do Fanfa, o *Seival* e o *Farroupilha* rumaram para o norte da Lagoa dos Patos. Entraram no fundo de saco chamado Roça Velha e subiram o pequeno rio Capivari. Os barcos imperiais não se atreveram a persegui-los. Pelo maior calado, nem tinham condições de fazê-lo. Lançaram âncora longe dos juncais da costa e ficaram esperando o retorno certo dos farroupilhas.

É o dia 4 de julho de 1839. Os lanchões sobem lentamente o arroio margeado de salsos desfolhados. Em ambas as margens, cavalos e bois fogem em disparada. Os aguapés escondem o canal em diversos pontos. Procópio segue na frente, na proa de um escaler, sondando a profundidade com uma taquara. A pouco mais de duas léguas rio acima, ancoram os barcos. Um grupo de homens os espera acenando na margem direita.

Garibaldi foi o primeiro a saltar em terra. Abraçou o carpinteiro Abreu, saudou os tropeiros que o acompanhavam e foi vistoriar as oito rodas reforçadas que mandara construir. As rodas já estavam colocadas em duas carretas de dimensões muito acima do normal. Uma centena de juntas de bois fora reunida nas estâncias dos arredores. Montes de cordas fortes, de couro torcido e trançado, também tinham sido preparadas com antecedência. Sem perda de tempo, iniciou-se o embarque dos navios.

Descendo pela ravina, uma das carretas foi colocada dentro da água. Setenta homens ergueram a proa do *Farroupilha*, apoiando-a sobre as tábuas grossas do assoalho. A água gelada dificultava a operação. Polegada por polegada, o barco foi sendo empurrado até acomodar-se em equilíbrio. Cem bois mansos foram atrelados à carreta. Dois a dois, a fila de animais se estendia desde a beira do arroio até além da picada aberta no mato. Colocá-los em ordem, fazê-los puxar em uníssono, foi tarefa que exigiu horas e horas de muita paciência. Finalmente, já ao anoitecer, sob a gritaria dos carreteiros, o latir dos cães e os hurras entusiasmados dos marinheiros, o *Farroupilha* foi arrastado para fora do rio. Na manhã seguinte, repetiu-se a penosa operação com o *Seival*, e a incrível caravana foi colocada em movimento.

Primeiro foi preciso vencer os lodaçais da várzea. Depois os areais traiçoeiros, onde os bois perdiam as forças. Os poucos habitantes da região, que vinham assistir ao *curioso spettacolo,* não se furtavam a arregaçar as mangas para ajudar. Garibaldi se multiplicava em todos os lugares. Sua liderança era feita de motivação e de exemplo. Muitas vezes se afastava a galope para longe da caravana. E contemplava os dois barcos no alto das carretas, as longas filas de bois e homens em constante movimento, como um artista contempla sua obra-prima. No silêncio da noite, já se ouvia o rugido do mar. Passo a passo foram vencidas cinquenta e quatro milhas de difícil terreno. Nenhum acidente interrompeu a marcha. Em seis dias, chegavam às margens do rio Tramandaí.

Descarregados os lanchões, em mais uma tarefa penosa e arriscada, um desafio maior aguardava Garibaldi e seus marinheiros. Tinham de passar a barra do rio Tramandaí para chegar ao mar. Façanha jamais conseguida por nenhum navio. O vento sul sopra sobre as dunas. O mar agitado desaba sobre a praia. Todas as condições são desfavoráveis. À tarde do segundo dia de espera, a maré subiu a seu ponto máximo. A noite estava próxima e os relâmpagos cortavam o céu. Não poderiam mais adiar a empresa. Mensageiros de Canabarro chegaram avisando que a vanguarda de Teixeira Nunes já havia atravessado o Mampituba e entrado na Província de Santa Catarina. Os dois lanchões abriram as velas e saíram barra afora. Embora de pequeno calado, seus cascos batiam no fundo do canal, arriscando encalhar por várias vezes; já noite fechada atingiram o mar.

O *Seival*, comandado por John Griggs, saiu na frente, rumando para o norte. O *Farroupilha*, capitaneado por Eduardo Matru e levando Garibaldi, o chefe da expedição, seguiu-o com dificuldade. Vinha pesado demais: trinta homens, dois canhões, muita pólvora, armas e utensílios; logo, perderam o *Seival* de vista. A tempestade desabaria a qualquer momento.

Naquelas paragens desoladas, o mar da costa se confunde com as dunas da praia. Na altura da foz do Araranguá, quando sopra o vento sueste, o terrível *Carpinteiro*, as naus são arrastadas para a costa e o naufrágio é quase inevitável. Garibaldi sabia disso e lutou para afastar o barco para o alto-mar. Mas não houve tempo. O temporal desabou com violência. Ondas gigantescas varrem o convés. O vento uiva e o mar responde num rugido medonho. Coriscos ofuscam os olhos, num zigue-zague de luz. O barco sobe numa velocidade incrível até o topo dos vagalhões e de lá se despenca. Parece que voa sobre o vácuo e estoura num baque que ameaça espatifá-lo. A maioria dos marujos está derrotada pelo medo e pelo enjoo. Em cada rosto pálido se lê a antevisão da morte. Garibaldi sobe ao mastro do traquete para melhor orientar o timoneiro. Nesse exato momento, uma onda descomunal estoura sobre o *Farroupilha*. O choque atira o capitão ao mar. Garibaldi vem à tona e ouve gritos desesperados. O barco está adernado para boreste. Vai afundar a qualquer momento. É preciso que todos se joguem ao mar. Grita com todas as suas forças, alertando os companheiros.

– Carniglia, Matru, Staderini! Saltem! Saltem logo para o mar!

Seus gritos se perdem no rugir do oceano. Localiza Matru e empurra-lhe uma porta de estiva, como salva-vidas. Carniglia está a ponto de afogar-se. Veste um casaco pesado e está privado de movimentos. Garibaldi nada até ele, puxa a faca da cinta e rasga-lhe a roupa. Outra onda gigantesca cai sobre o navio e o arrasta para o fundo. Garibaldi luta para não ser sugado pelo redemoinho. Seus companheiros desapareceram. Nada mais há a fazer. Desesperado, agarra-se a uma tábua e procura nadar em direção à costa.

Dezesseis dos trinta tripulantes do *Farroupilha* morreram no naufrágio. Entre eles, cinco italianos: Carniglia, Matru, Staderini, Nadone, Giovane. Sumiram também os ex-escravos Procópio e Rafael, homens de fidelidade a toda prova. Mas o *Seival* conseguira safar-se do temporal e, quase por milagre, entrara pela barra do Camacho. Garibaldi e os sobreviventes do naufrágio uniram-se a Griggs e atacaram Laguna pela retaguarda.

Onze horas da manhã no relógio da igreja. Ana desperta com o bimbalhar dos sinos. Senta-se na cama e sorri. Sua mente está livre de remorsos. Manoel conseguiu fugir. Não tinham filhos. Nunca tiveram amor. Agora ambos estão livres. Só em pensar nisso, sente o coração acelerado. Ouve atentamente os ruídos da rua. Batidas metálicas que vêm da oficina do ferreiro. Uma carroça que passa. Vozes longínquas, abafadas pelas paredes. Levanta-se, ágil, abre os postigos e vai ao roupeiro em busca do vestido azul. Estava com ele quando vira pela primeira vez o homem dourado. Queria encontrá-lo e ser reconhecida. Um desejo carnal e afetivo. Uma determinação sem retorno. Lava-se com uma esponja e penteia cuidadosamente os cabelos. Cabelos pretos, repartidos ao meio e puxados para trás. Gosta da imagem refletida no espelho. A tez morena clara. O rosto ovalado sem nenhuma pintura. A testa abaulada. Os olhos grandes e negros. Nariz bem desenhado. Boca de lábios polpudos, levemente arroxeados.

Ana sai pela porta da frente e caminha pela rua movimentada. É dia de batizados e muita gente entra e sai da igreja. Soldados passam a galope, levantando areia. Somem pela estrada que leva ao alto do morro. Dona Sibila, a mulher do ferreiro, tenta detê-la para conversar. Ana mostra o cântaro que traz consigo. Tem pressa de ir à fonte. O Manoel vai bem, obrigada. Não abriu a sapataria porque saiu cedo para caçar. O ferreiro, coitado, está assoberbado de trabalho. Não tem tempo para diversões. Será que os vales que ele está recebendo dos soldados terão algum valor? Ana segue seu caminho. Dirige-se à beira do cais e ergue a vista para a escuna ancorada na enseada. A maior delas e mais próxima. Seu coração dispara. O homem dourado está junto da amurada. Com o óculo de alcance, deve estar vendo todos os detalhes. O rubor lhe sobe pelas faces. Com a mão livre, ergue o decote do vestido. Levanta a cabeça e apressa o passo. Dobra à esquerda diante do ancoradouro e segue pelo trilho que conduz à fonte.

Garibaldi grita pelo escaler e não tarda a chegar à praia. A moça morena sumiu-se pelo mato da encosta do morro. É meio-dia. Diminuiu muito o movimento no cais. Cheiro de peixe frito. De camarão. Fumaça espalhada pelo vento. Ninguém o vê entrar no mato. Silêncio. Apenas o ruído da fonte lhe chega aos ouvidos. Está frio à sombra das árvores. Frio e úmido. Mais alguns passos e confronta-se com a moça morena. Ana sustenta com altivez o seu olhar. Garibaldi se aproxima até quase tocá-la. Ouve sua própria voz, estranha e rouca.

– *Anita! Tu devi esser mia.*

Ana sorri e sente as lágrimas a lhe queimar os olhos. O homem dourado aperta-a nos braços. Ambos estão trêmulos. Ficam abraçados, em silêncio, durante um longo tempo.

Noite escura no camarote do *Rio Pardo*. A brisa embala o barco levemente. Um homem e uma mulher fazem amor com fúria e com carinho. Surpresos pela descoberta mútua. As mãos escorregando pela pele macia. Cheiro de sol nos cabelos negros e dourados. Gosto de mar nas bocas que se beijam. A vibração imensa se renova mais uma vez. Emergem das profundezas do corpo. Casados pelo ritual mais antigo da espécie humana, nada mais, senão a morte os irá separar.

A República Catarinense durou pouco mais de três meses. Em novembro de 1839, rechaçados por tropas poderosas, os farroupilhas de David Canabarro retiram-se de volta ao Rio Grande. A armada imperial ataca Laguna. A bordo do *Rio Pardo*, Anita é a primeira a disparar um tiro de canhão. Mas a batalha é desigual. John Griggs morre crivado de balas. Garibaldi ateia fogo nos navios e foge com os poucos sobreviventes. Anita o acompanha. Durante dez anos viverá e morrerá a seu lado:

> *Eu seguia a cavalo para o Rio Grande, com a mulher do meu coração ao lado. Cavalgava na vanguarda de uns poucos companheiros,*

sobreviventes de muitas batalhas. Mas que me importava não ter mais roupa do que a que me cobria o corpo e servir uma pobre República que a ninguém podia pagar um soldo? Eu tinha um sabre e uma carabina que levava atravessada diante dos arreios. E tinha Anita, meu maior tesouro.

Olho por Olho, Dente por Dente

A vila de Caçapava anoiteceu mergulhada em espessa cerração. O mesmo nevoeiro que auxiliara o inimigo. Mas não fora ele o único culpado. Durante dias os *bombeiros* farroupilhas tinham procurado a vanguarda do exército caramuru. De Pelotas, Bagé e Piratini, tinham chegado *chasques* com notícias alarmantes. Mas de nada adiantaram os avisos. O povo pensava que a capital era como uma relíquia. Ninguém ousaria aproximar-se dela. Quanto mais invadi-la. Pouco importava que a guarnição fosse de apenas sessenta homens. Pouco importava que os exércitos republicanos estivessem longe, ocupados em muitas frentes de batalha. Toda manhã nevoenta, alguém repetia a mesma frase:

– Cerração baixa, sol que racha.

E o sol, como atraído por uma reza forte, não tardava a brilhar no céu azul. Às vezes, porém, isso só acontecia na hora do almoço. E podia ocorrer um dia inteiro de nevoeiro brabo. Como naquele dia 20 de março de 1840.

Protegidos pela neblina que envolvia a cidade, os soldados imperiais aproximaram-se pela estrada das Lavras e aguardavam o momento de atacar. Eram cerca de quatrocentos cavalarianos, comandados pelo coronel Santos Loureiro. A vanguarda da coluna de outros mil soldados sob as ordens do brigadeiro Isás Calderón, uruguaio a serviço do Império.

Bento Gonçalves não estava em Caçapava. Há quatro meses se afastara das funções administrativas, para dedicar-se integralmente ao comando do Exército. Naquele momento, encontrava-se em Setembrina, nome republicano de Viamão, concentrando tropas para novo ataque a Porto Alegre. Para lá marchava também o brigadeiro Calderón. Mas sabendo Caçapava desprotegida, desviou-se do roteiro original para tomá-la.

O vice-presidente Mariano de Matos e o Secretário dos Negócios da Guerra, Serafim de Alencastre, não tinham ficado de braços cruzados. Mensageiros foram enviados a Cachoeira, São Gabriel e Piratini. Mas nenhuma tropa chegara para defender a capital. A ordem enviada ao Coronel João Antônio para ocupar o Passo dos Enforcados, passagem tradicional de tropas e carretas pelo rio Camaquã, não foi obedecida. A Brigada da Direita não queria receber ordens de Alencastre ou de mais ninguém do governo, com exceção de Bento Gonçalves. Solicitado a prestar ajuda, o general Bento Manuel Ribeiro manteve-se imóvel em Alegrete. Às vésperas de pedir anistia ao Império, não iria arriscar-se para salvar a gente que iria trair. Longe demais para chegar a tempo, o coronel Domingos Crescêncio foi o único a preocupar-se com a sorte da capital. Comandando a Brigada da Direita, mandou o tenente-coronel Manuel Lucas de Oliveira ao encalço de Calderón. Mas Lucas de Oliveira, por razões de ordem pessoal, não queria mais obedecer a Crescêncio. Retardou a marcha e quanto pôde e foi o maior culpado do desastre.

Uma hora da madrugada. O nevoeiro continua a esconder as casas. Pela rua Formosa, passa a galope um piquete de cavalarianos. A visibilidade é tão pouca que ultrapassam a esquina onde deveriam dobrar. Dão volta e localizam a igreja. Logo adiante, fazem alto na Rua das Flores. Diante do prédio ocupado pelo Ministério do Interior e da Fazenda, duas sentinelas apontam-lhes as carabinas.

– Quem vem lá?

– Sou o capitão Fileno dos Santos! Tenho urgência de falar ao ministro Almeida.

– Ele acaba de recolher-se, Capitão.

– Pois que se levante! O inimigo está às porta da capital.

Fileno estava furioso. Por sua posição estratégica, no alto de uma elevação cercada de despenhadeiros, Caçapava devia ser inexpugnável. Por essa razão os índios charruas já ocupavam aquela *clareira da mata* antes da chegada dos brancos. Por essa razão, o antigo acampamento dos Dragões do Rio Pardo tinha crescido tanto. Muitas fontes de água ajudariam a suportar qualquer assédio. Mas o governo republicano nada fizera para reforçar as defesas da cidade.

– O ministro Almeida vai recebê-lo imediatamente. Tenha a bondade de entrar.

O Capitão Fileno não perdeu tempo em limpar o barro das botas. Entrou na casa de chapéu na cabeça e bateu levemente na aba do *sombrero,* à guisa de saudação. Seu rosto tinha uma expressão maliciosa, que intrigou e irritou o ministro.

– Pode falar, capitão.

– Os caramurus estão chegando. Uma brigada inteira de cavalaria.

– Estão a que distância?

– Uma légua, no máximo. Devem atacar ao amanhecer.

À luz mortiça do lampião de óleo de peixe, Domingos José de Almeida procurou esconder a sua perturbação. Ministro da Fazenda e do Interior, era ele, por capacidade e cultura, o substituto de fato do presidente Bento Gonçalves. O vice-presidente e os demais ministros nada faziam sem consultar aquele mineiro calmo e ponderado. Por essa razão, o capitão Fileno, sempre despachado, viera trazer-lhe diretamente a má notícia. O ministro passou a mão pelos cabelos em desalinho. Seus olhos profundos, cercados de olheiras, fixaram-se no oficial com energia e determinação.

– Acredita que poderemos resistir?

– Com meia dúzia de canhões e num dia claro, poderíamos resistir facilmente ao ataque. Mas temos um só canhão e o nevoeiro vai ajudar o inimigo.

– Nada impede que esse nevoeiro também nos ajude. Está dispensado, capitão. Logo receberá novas ordens.

Rapidamente, foram tomadas todas as providências para o governo deixar a capital. Antes de tudo, um mensageiro foi enviado à procura das tropas de João Antônio, supostamente nos arredores de Cachoeira. Os arquivos dos ministérios foram carregados e depositados na igreja. Cavalos foram atrelados às carroças. Bagagens arrumadas às pressas. Os únicos três prisioneiros, todos oficiais do Império, acordados e amarrados para servirem de reféns. Às três horas da manhã, partia a caravana. Abandonada pela guarnição, a população da vila ficou entregue à angústia e ao medo. A propaganda republicana pintava os soldados imperiais como degoladores, antropófagos sedentos de sangue. Para esperá-los, só ficaram em Caçapava os velhos, os enfermos, as mulheres e crianças. E o pároco, Pe. Antônio Homem de Oliveira, açoriano de velha cepa.

Às quatro horas da tarde do sábado, 21 de março de 1840, os soldados imperiais entraram tranquilamente em Caçapava. O pavilhão verde e amarelo foi hasteado no alto do sobrado da esquina da rua Clara com São José, abandonado pelo vice-presidente da República. Casas foram vasculhadas. Todos os objetos de prata do tesouro da igreja, oriundos dos Sete Povos das Missões, postos num saco e levados como presa de guerra. O coronel Santos Loureiro passou a noite na casa do Ministério da Fazenda. Às dez horas da manhã de domingo, após ouvir missa com seus oficiais, mandou atear fogo nos arquivos da República, arreios, correames e demais objetos que não valia a pena carregar. E retirou-se da vila, teso e imponente, à frente de suas tropas de cavalaria.

No dia 29 de março, o governo farroupilha voltou a instalar-se em sua capital. Mas ninguém se olhava bem nos olhos. De nada adiantou o desfile dos lanceiros vindos para socorrer a cidade. O povo sentia-se traído. Toques de clarim, rufar de tambores, bandeiras tricolores tremulando em seus antigos lugares, não escondiam o clima de insatisfação. Os farroupilhas tinham se mostrado frágeis e não tardariam a deixar Caçapava definitivamente.

Mais uma noite escura e nevoenta. Diante de um casebre da Rua da Rosa, um negro gigantesco apeou-se do cavalo e maneou-o das patas dianteiras. Vestia a farda dos lanceiros de 1.ª linha e tinha nos ombros as divisas de sargento. Bateu palmas diante da porta. Uma luz amarelada filtrou-se da janela entreaberta. O sargento falou com voz grossa.

– Boa-noite! Ainda que mal pergunte, é aqui o velório do soldado Antão?

Ninguém respondeu. Mas a porta não tardou a abrir-se. Uma negra gorda, toda vestida de branco, fez sinal ao sargento para entrar.

– Desculpe as modéstia da casa. O senhor era amigo do falecido?

– Não, senhora. Mas fui eu que truxe ele para Caçapava. Despois de morto.

– Então vancê é o sargento Cosme. Que Deus o abençoe. Mas entre logo pra não se constipá. Nós tava rezando as reza de Angola. Não tem nenhum branco no rancho, não sinhor.

A mulher afastou o corpo para o lado. O sargento tirou o chapéu e curvou-se para passar pela porta. Peça pequena e enfumaçada. Sobre dois cavaletes de botar arreios, o caixão de pinho bruto parecia um bote encalhado. Do defunto não se via nada. Todo enrolado numa mortalha. E era melhor não ver. Capturado pelos imperiais, por se encontrar doente e sem condições de fugir, fora levado para fora da vila e supliciado. Ex-escravo, recebera o castigo que mandava a lei do Império. Duzentas a mil chibatadas. Morrera no poste de torturas.

– Xangô meu pai. Xangô meu pai Xangô.

– *Caô cabecile* Xangô!

Quatro mulheres vestidas de branco rezavam em voz alta. Uma delas fumava um charuto e soprava a fumaça em várias direções. Um cachorro rosnou para o sargento. Ninguém conseguira tirá-lo de perto do caixão. Muitas velas acesas. Um cheiro leve de podridão, misturado com incenso e com flor de laranjeira.

– Quer passar para os fundos?

– Aceito, obrigado.

Na peça contígua, dois soldados negros se ergueram para saudar o sargento. O mais velho deles, magro e de barbicha no queixo, estava visivelmente embriagado. Uma mulata magrinha, também vestida de branco, arrastou um banco para perto do candeeiro.

– Sente aqui, sargento. Quer beber alguma coisa?

– Aceitaria um café. Se tiver.

A mocinha saiu do seu campo visual. O soldado bêbado arrotou forte. Cosme percebeu um velho sentado num canto. O cabelo e os olhos brancos. Sorrindo num esgar dos lábios grossos. Ergueu-se e foi abraçá-lo.

– Pai Batista, desculpe que não tinha visto o senhor. Tá muito escuro.

– Pra mim tá sempre escuro. Mas conheci a voz do sargento. Sabia que não ia falta ao velório.

– De jeito nenhum. Fui eu que achei o corpo morto na estrada.

– Me contaram. Não carecia judiá tanto do rapaz, não é verdade?

O sargento baixou a cabeça e voltou para o seu lugar. O soldado que estava sóbrio falou com voz rouca.

– Não vai tê castigo para essa gente? O senhor que é mais graduado, me diga. Será que eles pode matá um negro fardado como um cachorro louco? Será que sê soldado da República não nos dá nenhum direito? Nem de morrê como gente?

A mocinha voltou com uma caneca de café na mão e entregou-a ao sargento. Um novo cheiro misturou-se ao da cachaça e da podridão do defunto. Cosme bebeu um gole com cuidado. Encorajado pelo silêncio do seu superior, o soldado bêbado ergueu a voz anasalada.

– O branco é igual de qualquer lado.

Cosme olhou para o soldado que empinava mais um caneco de cachaça.

– Tem uma lei pra protegê os escravo que lutam pela República. Um decreto do general Bento Gonçalves. Manda matá um oficial do Império pra cada soldado negro que for torturado.

– E onde se vai acha o oficial pra matá ele?

– Qualquer um que estiver na cadeia. O decreto manda sorteá um prisioneiro graduado e passá pelas armas.

O soldado bêbado deu uma risadinha e cuspiu para o lado. Depois apontou um dedo para o sargento.

– Isso só deve valê no papel. Branco é que eles não vão matá por causa de um negro.

O sargento Cosme levantou-se e rosnou.

– Isso nós vamos ver amanhã.

Bateu nas costas do velho Batista e foi até a sala rezar pelo defunto. Mal o viu pelas costas, o soldado bêbado pegou uma viola e entregou-a ao ancião.

– Toque uma modinha pra nós, Pai Batista.

– Tô muito triste hoje, seu moço.

– Pois toque uma modinha triste.

O velho dedilhou a viola. Tossiu algumas vezes. Sua voz soou estranhamente clara e bem modulada.

Eu tava na minha rede bem deitado,
quando veio zimulata tia Dora.
Vossuncê toquirá um bocadinho,
qu'eu tenho uma coisinha muito boa pra suncê.
Quando meti a mão na ziguitarra,
que fez tirim-dindim!
Veio o sinhô branco lá de dentro
e bateu em riba de mim.
A primeira que me deu foi nesses oio
e esses oio ficô caraôio.
Nunca mais pude fazê tirim-dindim!
Nunca mais pude fazê tirim-dindim!

O velho calou-se. O soldado fungou várias vezes.

– Essa é triste demais, Pai Batista.

– Triste é a vida da gente, seu moço. Triste é a vida da gente.

O sargento Cosme, no umbral da porta, ouvira a canção como petrificado. Sem despedir-se de ninguém, enfiou o chapéu na cabeça e saiu para a rua. Desmaneou o cavalo, montou-o e não tardou a sumir-se na escuridão.

Oito horas da manhã. O vento espalhou cedo o nevoeiro. O sol brilha sobre as casas brancas da vila. As araucárias balançam seus ramos contra o céu azul. Muita fumaça brotando pelos telhados. Passarada em cantoria. Na esquina da praça com a Rua da Rosa, ouvem-se risos pela janela da cadeia. Um dos prisioneiros acordara de bom humor. Junto com o café, o carcereiro lhe trouxera a boa notícia. Falava-se que ele seria trocado, ainda aquela semana, pelo major Félix Vieira, feito prisioneiro por Silva Tavares. O cadete Benevenuto Lara, de apenas dezoito anos, não conseguia esconder sua alegria.

– Quando eu sair daqui, cabo Palma, vou pedir a meu pai para juntar a cavalhada da estância e lhe mandar o melhor. E com os meus arreios de prata.

O carcereiro olhou-o com interesse. O cadete era ruivo de olhos azuis. Sardento e imberbe. A seu lado, o tenente Joaquim Pereira, moreno de barba cerrada, tirou o nariz de dentro da caneca.

– Um major vale bem mais do que um cadete. Deviam soltar nós os três.

O alferes Guilherme Villas Boas, magro e com aspecto doentio, concordou de imediato.

– Isso é o que deveria ser feito. Mas vão acabar soltando só o guri. O pai dele é rico e tem influência na Corte.

– Quando eu sair daqui, vou tratar de tirar vocês. Não precisa fazer essa cara, Guigui.

O alferes levantou-se trêmulo de raiva.

– Já te proibi de me chamar de Guigui, moleque filho duma...

– Calma! Calma vocês dois. Vamos falar de outra coisa.

O cabo Palma fechou a porta da cela e saiu pelo corredor estreito até a rua. A cadeia funcionava no mesmo prédio da Câmara Municipal. Do outro lado da praça, diante da igreja em construção, o sargento Cosme aguardava a chegada do padre. Os dois soldados da noite anterior o acompanhavam, segurando os cavalos pela rédea. A charrete do vigário já estava estacionada junto à base da escadaria. O Pe. Antônio Homem de Oliveira desceu as escadas sorrindo. Para além da praça despida de árvores, a paisagem era deslumbrante. Cosme adiantou-se para ajudá-lo a subir na charrete.

– Louvado seja Nosso Senhor Jesus Cristo.

– Para sempre seja louvado. Dia lindo, não é, sargento?

– Muito bonito, sim, senhor.

Mas o sargento Cosme não tinha olhos para ver a beleza do dia. Sua mente não conseguia fugir do velório do negro Antão. O padre pegou as rédeas e chupou o beiço. A mula deu um arranco e começou a subir a ladeira. Os três lanceiros montaram e seguiram a charrete até o cemitério.

O buraco retangular já estava aberto no chão. Ao lado, um monte de terra com uma pá cravada em cima. Poucas pessoas, todas de cor, junto do caixão. O padre colocou os paramentos, abriu o livro e correu o olhar até o horizonte. O cemitério ocupava o topo de uma elevação, do lado oeste da vila. Tudo era verde na imensidão do vale. O padre baixou os olhos, fez o sinal da cruz e começou a rezar.

Poucos minutos depois, o caixão foi colocado no buraco. O coveiro encheu a pá com terra e começou a cobrir o túmulo. Ajeitava a terra com habilidade, usando o lado da pá e os pés descalços. Sua profissão normal era de horteleiro. Concluído o canteiro, colocou uma cruz na extremidade. O padre abençoou os dois pedaços de madeira tosca, apertou a mão de cada um dos presentes e saiu a caminhar pelo cemitério. Pretendia rezar diante de um mausoléu situado na parte mais alta da colina. Ajoelhou-se na frente do túmulo e levantou-se imediatamente. Quase correndo, desceu por entre as tumbas, à procura do sargento.

– O que houve, padre? O que aconteceu?

– Aconteceu uma coisa horrível! Profanaram o túmulo do general João Manuel.

O sargento Cosme foi o primeiro a chegar diante do mausoléu. Seus lábios grossos tremiam. Um tique nervoso lhe repuxava o olho esquerdo. Escorou-se na parede de pedras e baixou a cabeça.

– Canalhas! Caramurus do inferno! Nem os mortos eles respeitam mais...

Uma das paredes laterais estava aberta a golpes de picareta. A urna com os despojos fora violada. O sargento Cosme não conseguiu mais controlar as lágrimas. Chorava aos arrancos, convulsivamente, parecendo que iria vomitar. O padre colocou-lhe uma mão afetuosa sobre o ombro. Cosme fitou-o com lágrimas nos olhos. Apontou-lhe o rombo no túmulo.

– Para que isso, meu Deus do céu?

– Só pode ter sido para roubar.

– Mas roubar o quê? Eu assisti ao enterro. Ele não tinha nada de valor. Era um homem simples. A única prata que usava era nos arreios.

O coveiro, ainda segurando a pá na mão direita, falou com voz trêmula.

– Corria um boato de que enterraram o general com uma espada de ouro. Eu cansei de dizer que era mentira. Mas os caramurus vieram tirar a prova.

O padre empalideceu.

– Espada de ouro? Minha Nossa Senhora! Foi no discurso, quando os restos do general foram trazidos das Missões, que o ministro Almeida falou em espada de ouro. De maneira simbólica. E esses infelizes acreditaram que a espada estivesse dentro do túmulo...

Meia-tarde. O ministro Domingos José de Almeida despacha em seu gabinete. As janelas estão abertas. Uma nesga de sol brilha sobre a escrivaninha bem ordenada. Tinteiros e penas de reserva à sua frente. Uma pilha de dossiês do lado esquerdo. Sobre a folha de papel amarelado, o ministro escreve com rapidez. A ausência de Luiz Rossetti o obriga a cuidar também da redação de *O Povo*. O jornal, fora de circulação desde o dia 18 de março, voltará a ser publicado na quarta-feira, 8 de abril. Os cidadãos de toda a província aguardam o pronunciamento oficial do governo sobre a invasão de Caçapava. O ambiente na capital piorara ainda mais nas últimas horas. A violação do túmulo de João Manuel de Lima e Silva exasperara os soldados e a população. Boatos corriam de que a cadeia seria invadida. A guarda fora reforçada diante da Câmara Municipal. Uma batida na porta. Surge a cabeça cacheada do oficial de gabinete.

– O sargento Cosme está esperando há mais de uma hora. Pergunta se o senhor ministro vai recebê-lo.

– Vou sim. Pode fazê-lo entrar. Tinha me esquecido completamente.

O funcionário não tardou a voltar com o sargento. Almeida levantou-se e indicou-lhe uma poltrona.

– Sente-se, por favor.

– Agradecido, senhor. Já estive muito tempo sentado.

O ministro conhecia o sargento de longa data. Sabia-o afável e estranhou a expressão agressiva do seu rosto. As narinas meio dilatadas. Os olhos de esclerótica amarelada que o fitavam em desafio.

– Pois, se tem tanta pressa, diga logo o que deseja.
– Só vim saber qual dos três prisioneiros foi sorteado.
– Sorteado?! Não entendo a que se refere.
Cosme meteu a mão no bolso da túnica e tirou um pedaço de papel. Um recorte antigo do jornal *O Povo*. Sem dizer uma palavra, desdobrou-o e colocou-o na mesa diante do ministro.

DECRETO

Tendo o tirânico governo do Brasil determinado a aplicação de duzentos a mil açoites a todo homem de cor que, livre do cativeiro em conformidade com as leis desta República, tiver feito parte de sua Força Armada e vier a cair prisioneiro das tropas chamadas legais, desprezando aquele imoral governo toda a espécie de processo e formalidade em obediência às sagradas leis da humanidade, às luzes do presente século e aos verdadeiros interesses dos Cidadãos do Estado, já que o governo do mesmo passou a libertar os cativos aptos para as armas, oficinas e colonização, a fim de acelerar a pronta emancipação dessa parte infeliz do gênero humano, e isso com grave sacrifício da fazenda pública, pois que todos os proprietários que têm exigido a importância de tais cativos foram satisfeitos de pronto ou receberam documentos para o serem oportunamente; o Presidente da República para reivindicar os direitos inalienáveis da Humanidade, não consentindo que o livre rio-grandense de qualquer cor com que os acidentes da natureza o tenham distinguido, sofra impune e não vingado o indigno, bárbaro, aviltante e afrontoso tratamento que lhe prepara o governo imperial, em represália, Decreta:
ARTIGO ÚNICO – Desde o momento em que houver notícia certa de ter sido açoitado um homem de cor a soldo da República pelas autoridades do governo do Brasil, o General Comandante em Chefe do Exército, ou Comandantes das diversas Divisões do mesmo, tirará a sorte aos Oficiais de qualquer grau que sejam das tropas imperiais nossos prisioneiros e fará passar pelas armas aquele que a mesma sorte designar.
Cassapava, 11 de maio de 1839
Bento Gonçalves da Silva – Presidente da República
Domingos José de Almeida – Ministro dos Negócios do Interior, Fazenda e Justiça.

Almeida passou os olhos pelo decreto, que ele mesmo tinha redigido por solicitação de Bento Gonçalves, e voltou a encarar o gigantesco sargento.

– Agora sei a que se refere. Trata-se do soldado que foi encontrado morto na estrada de São Sepé, não é verdade? O inquérito está em andamento. Era só isso que desejava?

Os lábios grossos de Cosme começaram a tremer. Mas sua voz soou clara e firme.

– O soldado Antão foi tirado da cama com febre alta, atado num poste e esmigalhado a laçaços pelos caramurus. O decreto manda que um oficial do Império pague pelo crime. Os lanceiros só estão esperando o sorteio de um dos três prisioneiros. Se a lei custar a ser cumprida, eles vão acabar invadindo a cadeia.

Almeida era um homem valente. Apoiou-se com as duas mãos na escrivaninha e elevou a voz.

– Está me dando um *ultimatum,* sargento Cosme?

– Não sei o que é essa palavra, não senhor. Mas sei ler muito bem o vou ler esse decreto em voz alta para todos os soldados negros.

Almeida manteve o mesmo tom de voz.

– Amanhã pela manhã, esse assunto será tratado com prioridade na reunião do Ministério. É tudo que lhe posso prometer.

– Não é a mim que deve fazer essa promessa. E sim à memória do general João Manuel.

Cosme adiantou-se, pegou o recorte de jornal num gesto brusco e colocou-o no bolso da túnica. Bateu continência, girou nos calcanhares e deixou a sala. Almeida ficou alguns momentos pensativo. Depois pegou uma sineta e sacudiu-a. O oficial de gabinete passou a cabeça pela fresta da porta.

– Localize o capitão Fileno e mande-o vir à minha presença imediatamente.

Noite escura. A vila está outra vez mergulhada no nevoeiro. Pelo telhado da Câmara Municipal, surge a cabeça de um homem. Apoia o queixo sobre uma telha e apura o ouvido. Silêncio completo. Abaixa-se e retira algumas telhas para aumentar a passagem. Sobe cautelosamente pelo buraco e deita-se de bruços sobre o telhado. Um cachorro acoa para os lados da igreja. O homem sente um arrepio percorrer-lhe a espinha. Lentamente, vai-se arrastando até a cumeeira do prédio. Uma telha estala. Seu coração bate forte. Deixa-se ficar deitado por alguns minutos. Sabe que a guarda está atenta na frente da prisão. Sua esperança é o pátio interno. Uma timbaúva lança seus galhos sobre uma extremidade do telhado. O prisioneiro arrasta-se em sua direção. Firma as mãos e os pés descalços nas canaletas e vai avançando. Sua roupa está molhada de umidade. O declive se acentua. Um movimento em falso e poderá rolar para o chão. Cautelosamente, vira o corpo e avança com os pés para frente, o ventre colado nas telhas. Mais um estalo o faz ficar imóvel. Ouve também o trotar de um cavalo. Quase sem se dar conta, começa a rezar um padre-nosso. Deus não há de deixar que eu morra tão cedo. Este nevoeiro é a prova da sua ajuda. Deixa-se escorregar mais um pouco. Seu pé roça nas folhas da timbaúva. Agarra-se ao galho e começa a descer.

No alto da árvore, uma coruja levanta voo num rufar de asas. O fugitivo sente o coração disparar. Está montado numa forquilha, a duas braças do chão. A espera lhe parece uma eternidade. Apura o ouvido novamente. Silêncio completo. Pendura-se num galho e fica suspenso pelas mãos. Reúne toda a coragem e deixa-se cair. Nenhum ruído. Fica alguns momentos acocorado, respirando lentamente. Ergue-se e abafa um grito de horror. Uma figura gigantesca está diante dele. Duas mãos poderosas apertam-lhe o pescoço. Debate-se inutilmente e logo amolece o corpo. O gigante o atira sobre um ombro e afasta-se cautelosamente na escuridão.

Na manhã seguinte, sob o mesmo céu azul do dia anterior, o coveiro que foi consertar o túmulo do general João Manuel deparou-se com uma cena apavorante. Cobrindo o rombo feito a picaretas estava o corpo de um jovem de cabelos ruivos. Vestia apenas um culote e tinha a garganta aberta de orelha a orelha. Seus olhos azuis ainda estavam arregalados de horror.

Dois meses após esses fatos que comoveram a cidade, o governo republicano deixava Caçapava definitivamente. Findava-se o período áureo da Revolução Farroupilha. Durante mais de dois anos, o vice-presidente e os ministros da República iriam andarilhar por estâncias e povoados, até a fixação da capital em Alegrete. E o povo da província, em sua sabedoria, compôs uma quadrinha para criticar esse governo andejo:

Que século de progresso!
Quem mais se atreve a negar?
O Governo Rio-Grandense
Marcha em carreta a rodar.

O Barão de Caxias

Luiz acordou com a boca seca. Por alguns momentos, não se deu conta de onde estava. Seu primeiro sono era sempre profundo. Moveu-se sobre o colchão duro e a cama estalou. Ainda havia um fiapo de esperança de que estivesse em sua casa, no Rio de Janeiro. Gozou esse segundo de dúvida. Também lá os grilos cantavam forte. Mas não havia aquele cheiro de mofo. Nem a correria dos ratos no forro.

Ratos. Teias de aranha. Indisciplina. Tudo reunido naquele Palácio do Governo. Nome pomposo demais para o casarão onde se achava. Prédio de frente para o rio, no alto da Rua da Igreja, na *Mui leal e valorosa cidade de Porto Alegre*. Completamente acordado, Luiz tateou a mesa de cabeceira em busca da moringa. Cuidara bem que o criado a colocasse ali. Desde a campanha do Maranhão, seu fígado o fazia sofrer. Conseguira curar-se da malária graças a sua constituição robusta e à disciplina do tratamento. Mas ainda temia a volta dos acessos febris. Pegou a garrafa de cerâmica e tirou-lhe a tampa. Procurou o copo inutilmente. O criado certamente esquecera-se de trazê-lo. Dominando a irritação, respirou fundo e apoiou as costas na cabeceira da cama. Ergueu a moringa e bebeu diretamente no gargalo.

Água leve e fria. Nenhum gosto de barro. Voltou-lhe um pouco do bom humor. Haveria de vencer também naquela província. Como tinha triunfado no Maranhão, em São Paulo, nas Minas Gerais. Faria expulsar os ratos do telhado. Mandaria varrer as teias de aranha. Daria disciplina e brio àquele exército desmoralizado. Doze homens tinham dormido naquela cama desde o início da Guerra dos Farrapos. Esse o número de Presidentes que passaram pela província do Rio Grande de São Pedro em sete anos de rebelião. Doze civis e militares tinham afundado aquele colchão, desde a fuga de Fernandes Braga, em 20 de setembro de 1835, sem que a revolta fosse dominada. Luiz ajeitou o travesseiro nas costas e tomou mais um gole de água fria. Que erros teriam cometido todos esses homens? Não repeti-los, não afundar-se nos mesmos atoleiros, deveria ser sua preocupação fundamental. Uma guerra não se vence somente com bravura. É preciso planejar todos os detalhes. Não deixar nada ao sabor do acaso.

Luiz pensa em Napoleão e sorri. Até o acaso, o corso tentou dominar. Por isso, só promovia os oficiais que tivessem sorte. Os caiporas não faziam carreira à sua sombra. Mas essa preocupação era apenas um detalhe pitoresco do seu temperamento. Enquanto não se deixara amolecer pela lisonja, ninguém o superou em tática de guerra. E o seu maior segredo era estudar a fundo a psicologia do adversário. Luiz pensa em Bento Gonçalves. Como será realmente o chefe dos farroupilhas? Não lhe parece ser um gênio militar. Mas é experiente e equilibrado. Detesta a violência inútil. É o único oficial republicano que acredita na infantaria e na artilharia. Os demais comandantes, Netto, Canabarro, João Antônio, só sabem liderar cargas de cavalaria. A mobilidade e o conhecimento do terreno têm sido o segredo das vitórias dos rebeldes. A dificuldade em obter armamento, a improvisação tática e a indisciplina justificam a maioria de suas derrotas. Mas Bento Gonçalves lhe merece respeito. Parece-lhe ser um homem leal e cavalheiresco. Será mesmo assim ou essa foi a imagem que seu tio João Manuel lhe havia incutido?

João Manuel era um sentimental. Amigo incondicional de seus amigos. Em 1833, quando Bento Gonçalves fora acusado de subversão e chamado à Corte, João Manuel o ajudara a enfrentar o Padre Feijó e a vencer todos os obstáculos no Rio de Janeiro. Luiz era major, naquele tempo, e conhecera Bento Gonçalves em um jantar na casa de seu pai, Francisco de Lima e Silva, brigadeiro e Regente do Império. Quase dez anos! Suas filhas Luiza e Ana de Loreto ainda não eram nascidas. Época de grande convulsão política. O príncipe Dom Pedro, ainda menino, sendo educado para exercer o poder. A Luiz coubera a tarefa de ensinar-lhe a arte da esgrima. Daquelas aulas nascera-lhe uma afeição pelo futuro Imperador. Luiz fecha os olhos e se deixa transportar para o passado. Tem novamente vinte e nove anos e está na sala de armas do palácio. Aquele sim, um palácio verdadeiro, imponente a dominar uma colina sobre a Baía da Guanabara.

– *En garde!*

Atendendo à ordem do mestre de armas, o menino posicionou-se corretamente e respondeu no mesmo tom de voz.

– *En garde!*

Os floretes se chocaram em movimentos de estudo. O som metálico ricocheteava contra as paredes e fugia pelas janelas abertas para o parque. Uma leve brisa sacudia as folhas das árvores. O perfume do campo entrava pelas janelas. Chovera durante a noite. Todas as essências tropicais brotavam nos jardins da Quinta da Boa Vista. A luz já era intensa às seis horas da manhã.

– *Dégagez!*

Obedecendo ao professor, o menino recuou dois passos e baixou o florete. Aparentava sete ou oito anos de idade. No rosto alongado, os olhos azuis fixavam o mestre com atenção. As primeiras gotas de suor porejavam-lhe a testa ampla. Tudo nele era longilíneo. Suas pernas magras pareciam ainda mais compridas dentro do calção de malha. O mestre de armas aproximou-se e corrigiu-lhe a flexão dos joelhos. Era um homem de uns trinta anos, espadaúdo, de estatura mediana. Usava bigode e pera, tinha cabelos castanhos e olhos da mesma cor. Vestia culotes de montaria, botas de cano alto e uma camisa de mangas largas e punhos rendados. Sua túnica, pendurada num cabide, tinha as insígnias de major do exército imperial.

– Agora eu ficarei na defesa. Pode atacar-me como quiser. Mantenha-se atento para aproveitar a menor falha na minha guarda.

– O senhor não comete falhas, major Lima.

– Obrigado, Alteza. O mestre de armas do futuro Imperador não tem o direito de errar. Mas todos erramos, de um ou de outro modo. A arte da esgrima, o seu segredo talvez, é de manter-se atento aos erros do contendor.

– Assim como na política, major Lima.

Luiz percebeu um brilho divertido nos olhos do menino. Sorriu-lhe ao responder.

– Sou apenas um soldado, Alteza. E nós soldados somos péssimos políticos.

– O brigadeiro Lima e Silva também é soldado e comanda a política no Brasil.

– Meu pai detesta tanto a política como eu. Só aceitou a Regência por fidelidade a Vossa Alteza.

Os olhos do menino enevoaram-se de lágrimas. Luiz admirava-se de sua precocidade. Da agudeza de suas observações. Um grupo de jovens cortesãos entrou na sala de armas em alarido. O major olhou-os com severidade.

– Vamos prosseguir a aula, alteza?

– Apenas uma pergunta ainda, major Lima. Responda-me com toda a franqueza. O senhor acha... O senhor acha que o meu pai retornará... Retornará um dia ao Brasil?

Uma súplica intensa contraiu o rosto do príncipe. Luiz teve vontade de abraçá-lo. De acariciar a mecha de cabelo rebelde que lhe caía sobre a testa. Não. O pai daquele menino, o ex-Imperador D. Pedro I, não voltaria jamais. Melhor dizer-lhe a verdade e enrijecê-lo para a luta.

– Muitos desejam a sua volta, mas ele não voltará. Vosso pai proclamou a independência do Brasil, mas seu coração continuou em Portugal. Teve a sabedoria de partir no momento certo e de abdicar em favor de Vossa Alteza.

– Mas eu estou demorando muito a ficar homem. Acredita que o povo vai esperar por mim?

Luiz recuou dois passos e baixou o florete como quem apresenta armas.

– Se depender da minha espada, ninguém impedirá o encontro do povo com o seu Imperador. *En garde!*

O menino louro olhou-o fundo nos olhos e respondeu com a voz rouca de emoção:

– *En garde!*

O entrechoque dos floretes voltou a tirar sons cavos na grande sala de armas. Os jovens cortesãos, filhos de nobres que frequentavam o palácio, acomodaram-se num balcão que ligava a sala com o andar superior. Ali continuaram a tagarelar como pessoas desatentas num teatro. Embaixo, o menino lançava-se com disposição ao ataque. Luiz apenas aparava os golpes. Seu pensamento fugia para a esposa, Ana Luiza, que deixara ainda no calor da cama. A lembrança do seu perfume, do seu corpo de mulher bonita, assaltou-o de imediato. Casado há poucos meses, poucas noites inteiras passara com a esposa. Até alta madrugada era forçado a percorrer as ruas e vielas do Rio de Janeiro, no comando do Batalhão Sagrado. Assim se chamava o grupo de oficiais voluntários que mantinha a ordem na cidade desde a abdicação de D. Pedro I. A capital refletia o clima de insegurança e agitação de todo o país. Ainda no ano anterior, Luiz ajudara a sufocar um levante do major Miguel de Frias, que libertara os prisioneiros dos fortes de Villegaignon e Santa Cruz. Eram tão maltrapilhos os revoltosos que o povo os apelidou de farroupilhas, ou esfarrapados. Dominada a rebelião, o termo passara a designar a todos os liberais exaltados. A eles se contrapunham os chamados restauradores ou caramurus, que pediam a volta de D. Pedro I. Seria o retorno ao período colonial, uma vez que o monarca havia assumido o poder em Portugal sob o nome de D. Pedro IV. No meio das duas correntes, uma republicana e a outra colonialista, a Regência mantinha-se precariamente no poder. E dela dependia a unidade do imenso território brasileiro. Até que aquele menino, louro e frágil, alcançasse a maioridade para ser Imperador.

– *Touché!*

O grito estridente do príncipe tirou Luiz de seu devaneio. Do alto do balcão, ouviu-se uma salva de palmas. Surpreendido, o major baixou o florete e levou a mão esquerda ao ombro ferido. As pontas das armas de instrução eram sempre protegidas com uma esfera de aço. Essa proteção caíra durante a sucessão de golpes e a ponta do florete do menino penetrara levemente no ombro do mestre de armas. Uma pequena mancha de sangue assinalava o local, bem visível na camisa branca.

– O senhor está... está ferido, major Lima?

Nos pequenos olhos azuis havia um misto de inquietação e orgulho.

– Creio que sim, Alteza. Meus cumprimentos!

– Mas eu não queria feri-lo. Perdi a proteção do meu florete. Eu deveria ter notado... Parado a tempo.

Os assistentes desceram em rebuliço do balcão, elogiando o feito do príncipe. Um pajem correra a chamar o médico do palácio. Luiz retirou a camisa de punhos rendados. O ferimento era insignificante. Apenas um arranhão no ombro musculoso. O médico não demorou a chegar. O menino livrou-se dos cortesãos e pegou-o do braço.

– É grave, doutor?

– Apenas um aranhão. Uma gota de iodo e logo estará curado.

– Iodo arde muito. Ponha outra coisa.

O cirurgião olhou para o major em busca de auxílio.

– Obrigado pelo interesse, Alteza. Mas vamos deixar o doutor proceder como lhe dita a ciência.

O médico envolveu um chumaço de algodão na extremidade de uma pinça, molhou-o no iodo e passou-o no ferimento. O príncipe o vigiava atentamente.

– Vai ficar uma cicatriz?

– Talvez. Mas muito leve.

– Se ficar uma cicatriz, eu a levarei com orgulho. Serei o primeiro homem a ter esse privilégio. Junto ao coração, levarei a marca da espada do meu futuro Imperador.

Um pajem aproximou-se e pediu licença para servir o pequeno almoço. Os nobres cercaram ruidosamente o príncipe e o levaram para o andar superior. Luiz ficou sozinho na sala de armas. Não gostava daqueles cortesãos. Se dependesse de mim, essas moscas imundas não pousariam no menino. Mas devo pensar assim porque sou um plebeu. Preciso apressar-me. Ana Luiza me espera para o café. Vestiu a túnica, calçou as esporas e saiu em direção aos jardins do palácio.

O céu azul devolveu-lhe o bom humor. Periquitos maracanãs faziam algazarra nas mangueiras da quinta. Escravos negros, seminus e suarentos, voltavam da plantação de hortaliças. Em fila indiana, subiam lentamente a rampa oeste de acesso ao palácio. Do lado leste, erguia-se o morro Corcovado, assim denominado pelos descobridores por assemelhar-se a uma imensa corcova. A frente do palácio contemplava a Baía da Guanabara. Por ali se fazia o trânsito de entrada e saída. Todas as carruagens e cavaleiros deveriam passar obrigatoriamente por um portão de ferro, à esquerda da casa da guarda. Luiz caminhou pelo pátio empedrado, fazendo tilintar as esporas. Um palafreneiro segurava seu cavalo pela brida.

– Deu-lhe de comer?

– Sim, senhor.

– Está com aspecto excelente.

– Obrigado, senhor.

Luiz passou a mão espalmada pelo pescoço do cavalo, firmou o pé esquerdo no estribo e montou. O tordilho andaluz ergueu a cabeça e dilatou as narinas. Seu pescoço de cisne era emoldurado por espessa crina. Nervoso, escarvou o chão com uma pata dianteira. Suas orelhas atentas moviam-se esperando a partida. De súbito, fixaram-se na direção de uma porta por onde saía correndo e gritando o menino louro.

– Major Lima! Major Lima!

Atrás da criança corriam várias pessoas. Pajens, cortesãos e uma mucama negra. Luiz apeou-se do cavalo. O príncipe chegou sorrindo, o rosto afogueado. Na mão direita, segurava uma grande fatia de bolo.

– Por que não ficou para o *petit déjeuner?* Eu estava esperando quando o vi montado. Vi pela janela e saí correndo.

– Perdão, Alteza. Mas é que prometi a minha esposa acompanhá-la no café da manhã.

– Então... Então leve este pedaço de bolo para comer com ela.

Era uma fatia de bolo de chocolate, coberta por generosa camada de merengue. Impossível guardá-la no bolso. O que fazer? O menino já estava montado no cavalo e dava ordens a um batalhão imaginário. Os cortesãos batiam palmas. Os periquitos grasnavam. No meio do tumulto, a mucama aproximou-se sorridente e ofereceu ao major um guardanapo branco. Luiz entregou-lhe a fatia de bolo e limpou as mãos.

A fila de escravos aproximava-se a passos lentos, liderada por um musculoso feitor. Pelo portão aberto, entrava atrás deles uma carruagem puxada por dois cavalos baios. Percebendo a presença do príncipe e o tumulto em torno dele, o feitor estalou o chicote para apressar os escravos. O cheiro acre de corpos suados invadiu o pátio. Um súbito silêncio se fez entre os cortesãos. Dois escravos se atardaram na fila, rindo para o príncipe que lhes acenava amistosamente. Indignado com a atitude desrespeitosa dos negros, o feitor desceu-lhes o chicote pelas costas. O menino começou imediatamente a gritar.

– Pare! Pare, pelo amor de Deus! Major Lima, não deixe, não deixe ele bater nos negros!

Impelido por um impulso irresistível. Luiz avançou para o feitor, arrancou-lhe o chicote das mãos e jogou-o longe. Depois, no mesmo impulso, agarrou o homenzarrão pelo meio do corpo e atirou-o contra o muro de pedras. Um silêncio sepulcral acompanhou a cena. O feitor ergueu-se lentamente e levantou o facão de mato. O major desembainhou a espada e esperou pelo ataque. Dois guardas do palácio acorreram do portão, apontando seus mosquetes para o feitor. Da carruagem recém-chegada, desceu um homem baixo, de cabelos brancos e dirigiu-se com autoridade aos guardas.

– Desarmem o feitor e levem-no para as masmorras! O mais velho dos escravos guiará os demais até a senzala. Que o príncipe desça imediatamente do cavalo e dirija-se a seus aposentos.

Todos os rostos se voltaram para o ancião que se encaminhava para o major, a passos firmes. Em poucos segundos, o pátio esvaziou-se. O príncipe foi um dos primeiros a sair, sem dizer palavra. Apenas o palafreneiro ficou no lugar, segurando o cavalo pela brida. O velho fitou o major com um olhar divertido.

– Fantástico, Luiz! Se não o tivesse visto com meus próprios olhos, difícil me seria acreditar. Ergueu essa massa bruta como se fosse um fardo de palha. Estou realmente impressionado.

– Obrigado, senhor. Mas saiba que não estou orgulhoso do meu feito.

– Nem eu. Principalmente pelo escândalo diante do menino.

– Confesso que perdi completamente o controle. Mas ele é criança demais para assistir a esses castigos. Para meu gosto, não deveria haver escravos perto do palácio.

– Nem escravos, nem feitores... Pudéssemos nós viver sem eles. Mas quem cuidaria dos canaviais? Quem executaria as tarefas subalternas? Nossa população branca ainda não está preparada para as tarefas menores.

Luiz olhou firme nos olhos do ancião.

– No que me diz respeito, senhor José Bonifácio, acho que o nosso povo ainda não está preparado para nenhuma tarefa. O Rio de Janeiro está entregue à baderna e à vadiagem. Se não fossem as rondas do Batalhão Sagrado, creio que há muito a capital estaria pilhada e incendiada.

O patriarca sustentou-lhe serenamente o olhar.

– Concordo com sua opinião. Sei que vivemos uma situação de instabilidade, perigosa demais para a unidade do Brasil. Mas a solução política para a crise está ao nosso alcance. Uma palavra de apoio do seu pai e uniremos os conservadores aos liberais moderados. Juntos, esmagaremos os exaltados e daremos paz à nação.

– A que preço, senhor José Bonifácio?

– Ao preço de devolvermos ao príncipe o calor da presença do seu pai.

Luiz respirou fundo e sacudiu a cabeça.

– Esse calor incendiaria o país todo. Ou, simplesmente, devolveria o Brasil a Portugal. De que valeriam então, senhor José Bonifácio, todas as nossas lutas pela independência? De que valeriam os mártires do passado? De que valeriam os soldados mortos na Bahia? Que importância teria sob D. Pedro IV a bandeira verde e amarela?

José Bonifácio colocou uma mão espalmada no ombro do jovem oficial.

– Admiro sua fidelidade ao príncipe. Mas antes da sua maioridade, o Brasil estará estraçalhado de norte a sul. As províncias gritam por autonomia e os exaltados pregam a república. As ambições pessoais vão transformar o Império numa colcha de retalhos.

Luiz olhou para o sol que ultrapassava a copa das árvores. Seu café da manhã estava perdido. Deveria seguir diretamente para o quartel. Numa fração de segundo, viu o rosto de Ana Luiza, inquieto, emoldurado pela janela. José Bonifácio sentiu a perturbação do jovem e, tomando-o do braço, acompanhou-o até o cavalo.

– Peço-lhe que transmita a seu pai os termos da nossa conversa. Vai vê-lo hoje?

– Jantarei com ele esta noite. Vamos recepcionar meu tio João Manuel, que chegou da Província de São Pedro.

– E com ele um certo coronel Bento Gonçalves da Silva.

– Realmente? Será uma honra conhecer o coronel Bento Gonçalves. Muito ouvi falar dos seus feitos quando estive aquartelado em Montevidéu.

José Bonifácio ia acrescentar alguma coisa, mas dominou-se. Luiz apertou-lhe a mão e instigou a montaria por entre as árvores da avenida.

Àquela noite, encontrara-se com Bento Gonçalves pela primeira e única vez. Um jantar em que João Manuel dominou a palestra e o convidado agradou a todos por sua boa aparência e fidalguia. Mas a profecia de José Bonifácio tinha-se cumprido. Revoltas estalaram de norte a sul do Brasil. E foram as principais responsáveis pela antecipação da maioridade de D. Pedro II. No dia 23 de julho de 1840, com apenas quatorze anos de idade, o menino louro prestava juramento perante a Assembleia e assumia o poder. A campanha pela maioridade tinha empolgado a população do Rio de Janeiro. Panfletos resumiam em versos o anseio popular:

Queremos D. Pedro II,
Embora não tenha idade.
A Nação dispensa a lei
E viva a maioridade!

Luiz estava lutando no interior do Maranhão quando recebeu a notícia da maioridade de D. Pedro II. Combatia a revolta conhecida por *Balaiada,* em razão de um dos seus líderes, Manuel Francisco dos Anjos ter o apelido de *Balaio.* Durante três anos, de 1838 a 1841, os *balaios* tumultuaram a província. Eram mais de 2.000 homens em armas, mas combatiam em grupos separados. Nomeado presidente e comandante das armas, o coronel Luiz Alves de Lima e Silva organizou colunas volantes e foi isolando os diferentes grupos rebeldes. Isolado um grupo, concentrava suas tropas sobre ele e o destroçava. Ao retornar vitorioso do Maranhão, o jovem Imperador concedeu-lhe o título de Barão de Caxias, nome da cidade que foi teatro de suas principais vitórias. Começava a nascer uma nova aristocracia no Brasil. Nobreza não pelo sangue e sim pela bravura.

Seguiu-se um período de relativa calma. D. Pedro II, levado ao trono pelos liberais, concedera anistia irrestrita a todos os revolucionários do período regencial. Mas os conservadores não tardaram a voltar ao poder. Recomeçaram as provocações e as revoltas. A 16 de maio de 1842, a Câmara Municipal de Sorocaba aclamou o brigadeiro Rafael Tobias de Aguiar como presidente da Província de São Paulo. Afastado da política, velho e semiparalítico, o Padre Feijó aderiu ao movimento sedicioso. Todo o Vale do Paraíba levantou-se em armas. Os principais focos revolucionários estavam em Taubaté, Pindamonhangaba, Silveiras e Lorena. Uma *Coluna Libertadora* marchava sobre São Paulo, quando o Barão de Caxias desembarcou em Santos à frente de 400 soldados. O combate se deu em Venda Grande, localidade próxima a Campinas. Os rebeldes foram destroçados e o brigadeiro Tobias fugiu para o Rio Grande. O Padre Feijó foi preso em Sorocaba. Era o fim político do homem que mantivera o Império unido no período mais difícil da Regência.

Quase ao mesmo tempo da sedição paulista, os mineiros de Barbacena se haviam levantado em armas. Liderados por Teófilo Ottoni, um dos liberais mais respeitados nas Minas Gerais, atacaram e tomaram Queluz e Sabará. A derrota dos paulistas, com quem estavam acertados, perturbou-lhes os planos de invadir Ouro Preto, a capital da província. Já retornando ao Rio de Janeiro, na altura de Guaratinguetá, Luiz recebeu as ordens do Imperador para sufocar o levante. Subiu a Serra da Mantiqueira e não tardou a localizar os rebeldes. O grande encontro se deu em Santa Luzia do Rio das Velhas. Mais uma vez, o Barão de Caxias foi o vencedor.

Restava agora apenas um foco subversivo em todo o território brasileiro. O mais importante de todos eles. A República Rio-Grandense. Os farroupilhas continuavam senhores de mais de metade do território da província. Após a maioridade de D. Pedro II, tratativas de paz haviam sido tentadas sem nenhum sucesso. O general Antônio Netto havia dado a palavra final sobre o assunto, quando consultado por Bento Gonçalves: *Enquanto eu tiver mil paratinienses e dois mil cavalos, a resposta é esta.* E bateu nos copos da espada.

A fanfarronada do general farrapo vem à mente de Luiz na sua madrugada insone. Cavalos! Milhares de cavalos são necessários ao exército farroupilha. É preciso perturbar-lhes a remonta. Um rio-grandense a pé não vale meio soldado. Assenhorear-se das cavalhadas da província.

Isolar o fornecimento de cavalos através do Uruguai. Será esse seu ponto de partida.

Luiz voltou a pensar no Imperador. O menino louro havia crescido, mas seus olhos azuis mantinham a mesma candura da infância. Completaria dezessete anos no próximo dezembro. Pouco havia evoluído nas artes marciais, mas adquirira uma cultura humanística extraordinária. Calmo e reservado parecia não ter herdado nenhum traço do temperamento explosivo de D. Pedro I. Sorriu para o antigo mestre de armas.

– Sinto muito, mas vou novamente cobrar-lhe a promessa que me fez na infância. Meus embaixadores estão inquietos com a política exterior do caudilho Rosas. As Províncias do Rio da Prata estão sendo insufladas a uma guerra contra o Brasil. Os farroupilhas do Rio Grande já esgotaram todos os nossos limites de paciência. Vá lá e acabe com aquela revolta como acabou com as outras.

Luiz martela essa frase na mente, enquanto contempla o nascer do sol. De uma das sacadas do Palácio do Governo, corre o olhar sobre o casario de Porto Alegre. O ar é perfumado. A temperatura amena. Uma brisa encrespa as águas do Guaíba. Luiz respira fundo e volta para o quarto. Já fardado, dirige-se ao gabinete da presidência e senta-se à escrivaninha. Medita um pouco e escreve sua primeira mensagem ao povo da província.

Rio-Grandenses!

Sua Majestade o Imperador, confiando-me a presidência desta província e o comando-em-chefe do bravo Exército brasileiro, recomendou-me que eu restabelecesse a paz nesta parte do Império, como a restabeleci no Maranhão, em São Paulo e nas Minas Gerais. A Providência Divina, que de mim tem feito um instrumento de paz para a terra em que nasci, fará com que eu possa satisfazer os ardentes desejos do magnânimo Monarca e do Brasil todo. Bravos Rio-Grandenses! Segui-me e a paz coroará nossos esforços. Viva a nossa Santa Religião. Viva o Imperador e sua augusta família. Viva a Constituição e a integridade do Império.

Palácio do Governo na leal e valorosa cidade de Porto Alegre, 9 de novembro de 1842.

Barão de Caxias

Alegrete, Verão de 1843

O rio Ibirapuitã está baixo. Não caiu um pingo de chuva no mês de janeiro. Fiapos de limo verde-claro descem com a corrente e se acumulam nas margens. Os aguateiros resmungam: têm de ter cuidado para não pôr limo dentro das pipas. Assim se chamam os barris de madeira que chegam à vila do Alegrete cheios de cachaça. Depois que o produto se transfere para a barriga dos consumidores, a pipa serve para muitas destinações. A principal delas, o transporte de água.

Estâncias e povoados daquelas planuras da fronteira ocupam sempre o topo das coxilhas. Enxergar o inimigo e preparar-se para a luta ou para a fuga é mais importante do que a proximidade da água. Muitas casas possuem *algibes,* nome fronteiriço das cisternas de recolher água da chuva. Poços são cavados sempre que possível. Mas o mais comum é trazer água pura das cacimbas. Umas poucas pedras colocadas em torno da vertente. O pasto sempre verde nas proximidades. Dois trilhos mostrando o caminho das casas. Um burro bem manso ou um cavalo velho para atrelar entre os varais. E a paciência do peão caseiro para encher e acompanhar a pipa.

A vila do Alegrete foi plantada numa coxilha nua. Acampamento militar nos seus primeiros dias. Depois, abrigo dos refugiados da povoação da capela queimada pelos castelhanos na margem esquerda do Inhanduí. A pedido do general José de Abreu, o Marquês de Alegrete autorizara a fixação dos refugiados naquele cotovelo do rio ibirapuitã. O proprietário da sesmaria, Antônio José de Vargas, concordara de imediato em doar as terras necessárias. Foi erguida uma nova capela consagrada a Nossa Senhora da Conceição, que nenhuma culpa tivera no incêndio da primeira. E o povoado passou a ser conhecido como Capela do Alegrete, em homenagem a um dos últimos nobres portugueses que presidiram o Rio Grande.

De 1811 a 1843, Alegrete cresceu rapidamente. A riqueza de suas pastagens já era conhecida desde o tempo dos jesuítas. O dinheiro do gado e das tropas de mulas atraiu comerciantes de toda a província. Casas de pedra avermelhada foram ocupando as ruas largas e bem traçadas. A capela ganhou um cura. Foi nomeado o primeiro Juiz de Paz. Oleiros fizeram fortuna com o fabrico de tijolos e telhas. A povoação foi elevada à categoria de vila e elegeu seus primeiros vereadores. Sobrados foram surgindo em torno da praça. Andar térreo com muitas portas de dois batentes. Janelas com balcões de ferro no andar superior. Telhado alto e paredes caiadas de amarelo ou de branco.

Uma picada foi aberta entre os angicos, os salsos e a mataria baixa do rio Ibirapuitã. Por ali passam as pipas e as lavadeiras com suas trouxas na cabeça. O povo apelidou aquela curva do rio de *porto dos aguateiros.* É um lugar movimentado durante o verão. As pedras negras estão cobertas de roupa colorida, quarando ao sol. As lavadeiras trabalham com turbantes na cabeça, as saias arregaçadas até os joelhos. Ensaboam a roupa e batem nela com pedaços de madeira. Na margem oposta, o eco responde a cada batida. A criançada toma banho nas águas transparentes. Suas vozes e gritos também ecoam pelo rio.

No alto da picada surge a cabeça de um burro. Uma orelha comprida e a outra murcha e atrofiada. Lembrança de uma paulada que recebera por ser teimoso. Tem os olhos baços e o focinho cheio de pelos brancos. Seus cascos pequenos e envernizados buscam apoio no caminho irregular. A pelagem é cor de cinza, com uma risca preta das crinas até o rabo. Na altura das costelas salientes, carrega as marcas dos varais. Mesmo vazia, a pipa o empurra para baixo. O burro avança cautelosamente e faz a volta na beira do rio. Só então o aguateiro aparece. Tem as feições indiáticas e a pele escura e enrugada. Os olhos muito juntos e enterrados nas órbitas. Os tufos de barba no seu queixo são grisalhos. Mas o cabelo é preto sob o chapéu de abas largas. A camisa e a calça estão cheias de rasgões e remendos. Caminha com a mão direita apoiada no ombro de um menino moreno. Não tem o braço esquerdo. Apenas um toco escondido na manga da camisa. Seu nome é Salustiano. O *Salústio Manco,* como o chamam pelas costas. Pela frente, todos respeitam sua carranca e o braço direito capaz de derrubar um touro.

– Posso pescar, papai?

– Pode. Mas não vai muito longe.

– Vou ficar no lugar de sempre. Não se preocupe.

O guri correu até a pipa e pegou um caniço de taquara. À montante do rio, do lado oposto onde trabalhavam as lavadeiras, uma touceira de sarandi crescera entre as pedras. Junto do arbusto de folhas verdes, a água rodopiava e fazia um remanso. Um martim-pescador passou voando baixo. O menino desenrolou a linha e esperou uma mutuca sentar em sua perna. Deu-lhe um tapa e pegou-a do chão. Enfiou-a no anzol, ainda meio-viva, e atirou à linha na água. A mutuca boiou por alguns segundos e desapareceu de repente. O piá firmou o caniço e fisgou um lambari prateado.

– Papai! Papai! Peguei um dos grandes!

O aguateiro sorriu. Já fizera recuar o burro até a água atingir o eixo das rodas. Tirou a tampa da pipa e pegou o balde pendurado na parte de trás. Fazia tudo sem pressa. Queria dar tempo para o filho pescar. Os dois mais velhos tinham morrido na guerra. As quatro meninas, que a mulher teimara em parir uma atrás da outra, tinham se espalhado pelo mundo. Ainda bem que nascera aquele guri. Desde os dois anos, não desgrudava da sombra do pai. Chamava-se Terêncio, mas todo mundo o conhecia como *guri do Salústio.* Aos oito anos, já era capaz de substituir o pai quando ele se passava na bebida ou sumia três ou quatro dias pela rua do chinaredo. O burro teimava menos com ele. E aliviava o lombo dos relhaços e pauladas.

– Peguei mais um, papai! É uma joaninha. Enorme. Quase um palmo.

Salustiano terminou de encher a pipa e levou a mão ao bolso da calça. Apalpou o lenço e sentiu a moeda através do tecido. Uma onça de ouro. A única que recebera em toda a sua vida. Não se animava a escondê-la em casa. A mulher poderia descobrir e fazer perguntas. Na hora certa ele inventaria uma história qualquer. Ninguém se queixa de ficar rico. Mudariam para outro povoado. A mulher tinha parentes na Capela de Santa Maria. Não. O melhor era um lugar onde não fossem conhecidos. Mas, primeiro, tinha que tomar a decisão. Aquela moeda era apenas um sinal do trato. Como um ovo *indês* para atrair mais ovos. A promessa era de mais nove onças de ouro. Uma fortuna que nem toda a água do Ibirapuitã o faria ganhar. E ele, mais burro do que aquele burro troncho, ficava embromando pra dar a resposta. E se o velho arruma outro mais disposto? A vila está cheia de soldados. Qualquer um topa essa parada. Matar um homem por dez onças de ouro. Numa época de guerra. Todo o mundo matando de graça. A República atrasando o soldo. Bem diz o ditado. Boi lerdo bebe água suja. Preciso falar ainda hoje com aquele velho. Agora mesmo de manhã.

– Bamo, guri! Depois tu pesca mais.

Afundou bem o lenço no bolso. Pegou o relho enfiado num aro frouxo da pipa e ameaçou o burro. O animalzinho começou a subir penosamente a rampa. As rodas estalavam sobre as pedras. Duas outras pipas desciam para o porto dos aguateiros. A vila estava com o triplo da população habitual. Talvez mais. O governo farroupilha, depois de deixar Caçapava, tinha andarilhado por mais de dois anos. Estivera em São Gabriel e fora obrigado a retirar-se. Ficara algum tempo na estância de Luiz Machado e voltara a São Gabriel. Ao sabor dos azares da guerra, seguira para Itaquatiá e de lá para Bagé. De Bagé carreteara para Cacequi e, finalmente, se fixara em Alegrete.

O general Bento Gonçalves reassumira a presidência, entregando o comando do exército ao general Netto. A República Rio-Grandense parece que ressuscita. São convocadas eleições para a Assembleia Constituinte. O jornal *O Povo,* desaparecido desde maio de 1840, renasce sob o nome de *O Americano.* Luiz Rossetti já não o redige mais. Morrera em combate contra as tropas de *Chico Pedro* no fim do ano de 1840. Sofrendo muito com a morte do amigo, Garibaldi e Anita tinham partido para Montevidéu. Com eles levaram Menotti, o primeiro filho, nascido em Mostardas.

No dia 5 de outubro de 1842, *O Americano* publica a lista dos deputados eleitos à Assembleia Constituinte. O mais votado é o vigário apostólico Francisco das Chagas, com 3.025 votos. No primeiro dia de dezembro, instala-se o Legislativo da República. Vestindo uma túnica azul com dragonas douradas, calças brancas justas e botas pretas de montaria, o presidente Bento Gonçalves é introduzido da sala de sessões por uma comissão de oito deputados. Entre eles, o próprio Onofre Pires, com quem está com as relações estremecidas. Desafivela a espada antes de entrar no salão e a entrega ao ordenança Nico Ribeiro. Coloca o chapéu bicórnio sob o braço e avança sob uma salva de palmas. Sobe à tribuna e lê seu discurso com voz emocionada.

Senhores Representantes da Nação Rio-Grandense!

Depois da heroica revolução que operamos contra os opressores da nossa pátria, depois de uma luta obstinada que por espaço de sete anos absorve os nossos cuidados, chegou finalmente a época em que com grande risco se verifica a nossa reunião exigida altamente pelo voto público. Meu coração palpita de prazer, vendo hoje assentados neste venerando recinto os escolhidos do povo, em que estão fundadas as mais belas esperanças do nosso país. Eu me congratulo convosco.

Por decreto de 10 de fevereiro de 1840, convoquei uma Assembleia Constituinte e Legislativa do Estado, mas acontecimentos imprevistos originados pela guerra em que estamos empenhados, cuja história não vos é estranha, privaram que se fizesse a última apuração dos votos.

Um manifesto fiz publicar em 29 de agosto de 1838, expondo amplamente os motivos de nossa resistência ao governo de S. M. o Imperador do Brasil, motivos imperiosos que nos obrigaram a separar da família brasileira.

Se não me é dado anunciar-vos o solene reconhecimento de nossa independência política, gozo ao menos a satisfação de poder afiançar-vos que não só as repúblicas vizinhas, como grande parte dos brasileiros, simpatizam com a nossa causa.

Mui doloroso me é ter de manifestar-vos que o governo imperial nutre ainda pertinaz pretensão de reduzir-nos pela força, porém meu profundo pesar diminui com a grata recordação de que a tirania acintosa exercida por ele nas províncias tem despertado o inato brio dos brasileiros, que já fizeram retumbar o grito de resistência em alguns pontos do Império. É assim que seu poder se debilita e se aproxima o dia em que, banida a realeza da terra de Santa Cruz, nos havemos de reunir para estreitar os laços federais com a magnânima nação brasileira, a cujo grêmio nos chama a natureza e nossos mais caros interesses.

Todavia, o que deve inspirar-nos mais confiança, o que deve convencer-nos de que ao fim triunfarão nossos princípios políticos, é o valor e constância de nossos compatriotas e a resolução em que se acham de sustentar a todo custo a independência do país.

Debaixo de tão lisonjeiros auspícios começam os vossos trabalhos; cessa desde já o poder discricionário de que fui investido pelas atas de minha nomeação, cumprindo, pois, as condições com que fui eleito, eu deponho em vossas mãos.

A primeira necessidade do Estado é uma Constituição política baseada sobre princípios proclamados no memorável dia 6 de novembro de 1836. A estabilidade política interior está ligada com este grande ato, que há de necessariamente aumentar a nossa força moral. Bem penetrados da importância da nossa missão e das circunstâncias excepcionais em que nos achamos, a vós cumpre decretar os meios, recursos e elementos com que deve contar o governo para o bom desempenho de suas funções.

Se julgardes conveniente legislar sobre outros objetos, lembrai-vos de que a moral pública, a segurança individual e de propriedade exigem pronta reforma nas leis que, provisoriamente, adotamos pouco adequadas às nossas atuais circunstâncias.

Senhores Representantes da Nação Rio-Grandense!

A felicidade e a sorte da República estão hoje em vossas mãos. A prudência, a sabedoria e a moderação com que vos conduzirdes durante a vossa missão, acreditará sem dúvida a nobre confiança que têm em vós depositada os nossos concidadãos.

Pelas diferentes secretarias de Estado, se vos darão todos aqueles esclarecimentos que tiverdes por bem exigir.

Está aberta a sessão!

Dois meses depois dessa fala de Bento Gonçalves, três ministros se haviam demitido. Antônio Vicente da Fontoura encontrou abrigo na minoria parlamentar formada de oito deputados. Onofre Pires uniu-se aos dissidentes e com ele Lucas de Oliveira. Os ataques ao presidente da República perderam qualquer moderação protocolar. As discussões estéreis perturbaram a elaboração da Constituinte. Alegrete parecia um barril de pólvora prestes a explodir. Criando boatos e jogando uns contra os outros, o vice-presidente da República, Antônio Paulo da Fontoura, mais conhecido como Paulino, liderava a horda dos intrigantes. O Barão de Caxias convidara Bento Manuel Ribeiro para lutar em suas tropas. O veterano traidor tinha adeptos entre os farroupilhas. Cada reunião da Assembleia aprofundava as divergências acumuladas em mais de sete anos de revolução.

Salustiano atravessa a Rua das Tropas, caminhando ao lado do burro. Seus pés de casca grossa não sentem o calor e a aspereza do caminho. O menino escolhe o terreno mais macio para pisar, ziguezagueando no meio da rua. Veste apenas uma calça curta e tem a cabeça raspada. A meia quadra da praça, o burro empaca no lugar de costume. O aguateiro dá-lhe dois laçaços bem puxados e ele chega ao terreno plano. A praça é um quadrilátero despido de árvores. Cabras e cavalos pastam a grama ressequida. Um circo de borlantins ocupa o centro do terreno. Os artistas são todos castelhanos. O mais aplaudido é um que engole espada e cospe fogo pela boca. Há duas semanas estão acampados na vila. E o guri repete sempre a mesma pergunta.

– Quando é que nós bamo no circo, papai?

– Já te disse que é muito caro pra nós.

– Só uma vezinha, papai. Use essa moeda que o senhor tem no bolso.

Salustiano virou-se como mordido de cobra.

– Como é que tu sabe dessa moeda? Quem foi que te contou?

– Ninguém. Não precisa ficá brabo. Eu vi o senhor lustrando ela a noite passada.

O aguateiro levantou o relho e baixo-o logo. Tinha muita gente na rua. Agachou-se ao lado do guri e apertou-lhe um braço.

– Tu vai me jurá que não conta nada pra ninguém. Senão eu te quebro os ossos e te meto num formigueiro. Igual que o negro do pastoreio.

– Juro por Deus, papai. Bem aqui na frente da igreja. Assim ele nos vê mais de perto.

Pouco além da igreja, Salustiano fez parar a pipa.

– Ôche, burro! Ôche!

O burrinho parou diante de uma casa baixa com o reboco meio descascado. Salustiano bateu à porta com os nós dos dedos. Ninguém. Bateu de novo. Esperou um pouco e resolveu contornar a casa. O menino ficou cuidando da pipa. O calor estava cada vez mais forte. Um cavaleiro passou a galope, levantando poeira. Nos fundos da casa, o aguateiro ouviu vozes que vinham de um caramanchão. Aproximou-se devagar. Talvez estivessem falando nele. À sombra da parreira, uma mulher branca estava deitada numa rede. Puxara a saia até a cintura e se abanava com um leque. Uma negrinha balançava a rede, falando sem parar. Salustiano parou como fascinado. Um cachorrinho saiu latindo em sua direção. A mulher deu um grito e baixou a saia. Levantou-se da rede e olhou-o apavorada. Aparentava no máximo trinta anos. Cabelo preto solto sobre os ombros. Formas arredondadas. Os seios arfando sob o decote.

– Mais isso é um desaforo! Quem é que mandou o senhor entrar?

– Queria fala com o seu marido. Cansei de batê na porta.

– Ele está na loja. Só volta ao meio-dia.

– Então, com sua licença.

Bateu na aba do chapéu e retirou-se. A visão das pernas brancas não lhe saía da mente. Será que o velho anda com ciúmes da mulher? Será que o tal homem se meteu com ela? Mandou o guri tocar em frente e deu volta até a igreja. A rua principal desembocava no meio da praça. Caminhou até a esquina e dobrou à esquerda. A loja ficava no fim da quadra. Uma carreta estava estacionada na frente. Os bois inquietos com o movimento da rua. Muita gente a pé e a cavalo. Negros carregando fardos para os fundos do armazém. Muita poeira e estrume de cavalo.

Salustiano entra na loja. Cheiro de erva-mate. De bacalhau. De couro curtido. Peças de fazenda em cima do balcão. Dois funcionários se desdobram para atender à freguesia. Um mascate conversa com o proprietário. Fez compra grande. Quer um desconto à altura. O dono da loja é alto, magro e de nariz adunco. Tem o cabelo de um branco amarelado e usa óculos de aros de ouro. Seu terno preto é pesado demais para o verão. Ao ver Salustiano, que se aproxima, não consegue esconder sua perturbação. Tira um lenço do bolso e limpa os óculos. Não ouve mais o que lhe diz o mascate. Seus olhos míopes se fixam no aguateiro.

– Pode esperar na porta do escritório que eu já vou.

O mascate surpreende-se com a rapidez com que conseguiu o desconto. Devia ter pedido mais. O dono da loja apressa-se ao encontro de Salustiano. Abre a pequena porta e deixa-o entrar. O escritório tem somente um cofre, uma escrivaninha atulhada de papéis e duas cadeiras. O velho passa o lenço pelo rosto suado e coloca os óculos. O aguateiro não tira os olhos do cofre.

– Tive pensando na proposta que o senhor me fez.

O comerciante empalideceu.

– E o que... O que foi que resolveu?

– Resolvi que aceito.

– E quando... O senhor pretende...

– Matar o homem? Hoje mesmo de noite. É só me dizer quem ele é.

Do outro lado da praça, no sobrado que servia como sede do governo. Bento Gonçalves olhava firme nos olhos de Gomes Jardim. Os dois homens estavam sós no gabinete do presidente. Fazia muito calor. Ambos estavam em mangas de camisa. Duas janelas altas abriam para um pátio interno. Ouviam-se os sons abafados da rua. E o canto nítido de um bem-te-vi.

– E então, compadre? O que me responde?

Gomes Jardim tira o charuto da boca e passa a língua pelos lábios ressequidos. Envelhecera muito. Seu cabelo branco se concentra nas têmporas. A calva brilha de suor.

– Por mim, tu devias aguentar a mão. E sei que o Netto e o Canabarro pensam como eu. Tu tens os teus defeitos, como todo o mundo, mas és o único homem capaz de comandar esta República.

– Não tenho mais certeza disso. Tudo está se desmoronando em volta de mim. Se eu entregar a presidência ao João Antônio, como eles querem, talvez o Onofre se acalme e a gente possa contornar a situação.

– Para mim o pior é o Antônio Vicente. Ele dá o bote e esconde a pata. Quem aparece é o imbecil do primo dele, o Paulino Fontoura. Que vice-presidente que nós fomos arranjar! Dorme até tarde. Só sabe correr atrás de mulheres.

Bento sacudiu a cabeça, desconsolado.

– Se fosse só isso, não era nada. Mas ele é mentiroso e vive falando em nome da República.

– E gasta rios de dinheiro. Deve uma vela para cada santo.

– Isso é o que me preocupa mais. O meu tocaio Bento Manuel conhece bem os nossos pontos fracos. Tenho certeza que ele é o cabeça de toda a conspiração. O Barão de Caxias foi muito inteligente em engajá-lo no seu exército.

– O Bento Manuel sabe que o Paulino é venal.

– E sabe que o Antônio Vicente sonha com a presidência da República. A primeira briga que eu tive com o Onofre, foi depois da nossa derrota na ilha do Fanfa. E o Bento Manuel estava lá. Para mim está tudo claro. Eles querem me afastar do poder para fazerem a barganha. Livres de mim, poderão entregar a República Rio-Grandense numa bandeja para o Barão de Caxias. O Bento Manuel já teve seu posto de general reconhecido pelo Império. Vendeu sua estância no Jarau para um emissário da Corte e recebeu o triplo do preço normal. Os outros também querem a sua parte. Não acreditam mais na nossa vitória. Só pensam no que acontecerá depois.

Bento pega a cuia de mate e enche-a com água de uma pequena chaleira de cobre. O mate está frio. Toma-o assim mesmo e repousa a cuia no tripé. Sua fisionomia também está envelhecida. Gomes Jardim fica um momento pensativo.

– Vou te dizer uma coisa que a Isabel Leonor me disse esta manhã. Ela me disse bem assim. O João Antônio é um patriota, um grande soldado. Mas não tem malícia para enfrentar esta situação.

– Concordo com ela. Mas seria uma solução provisória.

– Não temos tempo nenhum a perder. O Barão de Caxias tem pressa em nos derrotar. Suas tropas são três vezes maiores que as nossas. Tu és o único general capaz de enfrentá-lo. E de obter uma paz honrosa, caso sejamos obrigados a ceder.

– Isso não me passa pela cabeça.

– Mas tem que ser levado em consideração. Repito o que te disse. Tu tens que aguentar a mão. Mesmo que a cachorrada te morda os calcanhares.

Bento respira fundo e espanta uma mosca da testa.

– Está bem, compadre. Vou ver se consigo dominar meu gênio. Mas o dia em que tudo serenar, eu saberei pedir as contas para cada um desses caluniadores.

O dia custou a passar para o aguateiro. Salustiano está sentado ao lado do seu rancho, na beira do rio. O sol desgraçado não quer se sumir. Sol vermelho de seca forte. Nenhuma folha se mexe nos galhos do cinamomo. A mulher grita que a boia está na mesa. Mas ele não tem fome. Fica olhando as moscas pousarem no prato e não ouve uma palavra do que lhe diz o guri.

A noite é estrelada. O calor continua intenso. Diante das casas da vila, as famílias conversam sentadas em cadeiras. Até poltronas são arrastadas para a calçada. Ouvem-se risos. Repicar de violas. As crianças brincam no meio da rua. Pouco a pouco, vão aumentando os bocejos. Um se espreguiça. Outro dá boa-noite e se retira. Um menino apanha porque não quer dormir. O Cruzeiro do Sul se inclina para os lados do Uruguai. O silêncio vai tomando conta das ruas.

No rancho de Salustiano só ele está acordado. Sentado no mesmo banco, debaixo do cinamomo. Mosquitos zumbem em seus ouvidos. Atravessada sobre os joelhos está uma garrucha de dois canos. No bolso da calça, mais quatro moedas se juntaram à primeira. As outras cinco, receberá depois do serviço. Pega a garrucha e a desnuca usando o queixo. Retira-lhe os dois cartuchos e remonta a arma. Há muitos anos deixou de atirar. Desde que perdeu o braço, na batalha do Passo do Rosário. Mas não era mau atirador. Empunha a garrucha descarregada e puxa os dois gatilhos para trás. Levanta a arma e aponta-a para o céu. As Três Marias brilham num piscar azulado. Mira a estrela mais alta e aperta o gatilho. O estalido seco se repete várias vezes. Assim aprendeu a atirar sem gastar munição. Sorri ao ver que não perdeu a prática.

O circo terminou sua função há várias horas. A praça está deserta. Salustiano caminha despreocupado. Não é crime andar de noite na rua.

A pistola? Para proteger-se dos bandidos. Há muita gente nova no Alegrete. Atravessa a praça, contornando o circo. A casa do homem *jurado* fica perto da cadeia. Entra num terreno baldio para evitar os guardas. Dois cachorros saem correndo de uma casa e o atacam. Ele acerta um pontapé no mais agressivo. O guaipeca sai ganindo. O terreno fica em frente da casa que lhe foi indicada. Salustiano espia os arredores e agacha-se no canto mais escuro. Cheiro de lixo e de latrina. Sente uma vontade enorme de fumar.

As horas passam. Salustiano cansou de lutar contra o sono. Cochila e se acorda agitado. Ouve um ruído de passos. Ergue-se rapidamente. Um vulto está diante da casa. Por pouco ele não me escapa. Engole em seco e engatilha os dois canos da garrucha.

O homem procura a chave no bolso. Assobia uma copla argentina. Um grito o faz voltar-se. O primeiro tiro acerta-lhe o ombro esquerdo. Cai de joelhos e tenta arrancar a espada. O segundo tiro erra o alvo. Salustiano atira a garrucha longe e corre pelo terreno baldio. Os guardas da cadeia são os primeiros a chegar. Janelas se abrem nas casas vizinhas. Paulino Fontoura é levado nos braços para dentro de casa. Sofrerá dez longos dias antes de morrer.

O Duelo e a Paz

Foi no dia 27 de fevereiro de 1844. Nas pontas do arroio Sarandi, não longe de Sant'Ana do Livramento. Terreno plano. Uma várzea verde-amarelada a se perder de vista. O grosso das tropas farroupilhas se concentra em dois acampamentos. Num deles está Bento Gonçalves, comandando agora uma simples Divisão. Desde agosto do ano passado não é mais Presidente da República. Também abdicou da chefia do exército. O assassinato de Paulino Fontoura foi a causa de tudo. Acusado de mandante do crime para perpetuar-se no poder, reagira com a melhor das respostas. Entregara a presidência a Gomes Jardim e o comando das armas a David Canabarro.

No outro acampamento estão Onofre Pires, Antônio Vicente da Fontoura e Manuel Lucas de Oliveira. Os três maiores adversários de Bento Gonçalves. O mais agressivo é Onofre. Confiado na sua estatura e corpulência, vaidoso da sua valentia, perdera o hábito de moderar a língua. Os outros dois, mais espertos, não perdiam oportunidade de insuflá-lo contra o ex-presidente. Mesmo destituído do poder, ele continuava a fazer-lhes sombra. Sua liderança não dependia de cargos. O próprio Barão de Caxias reconhecera isso. E colocara seu melhor estrategista, o coronel Francisco Pedro de Abreu, famoso sob a alcunha de *Chico Pedro*, a acossar a divisão de Bento Gonçalves com uma tropa de elite.

David Canabarro tivera a melhor das intenções ao reunir seu exército. O plano era de um ataque fulminante às tropas de Bento Manuel Ribeiro. Mas a velha raposa foge antes de ser surpreendida. E a proximidade dos dois acampamentos reacende as divergências. Facilita o trabalho dos intrigantes.

Onofre chama Bento Gonçalves de ladrão diante de testemunhas. Obrigado a suportar a acusação de mandantes de um crime. Afastado voluntariamente do poder para calar as vozes de seus detratores, Bento não consegue engolir a nova ofensa. Legalmente, tenta processar Onofre por calúnia e obrigá-lo a apresentar as provas que disse ter. Mas Onofre é deputado e goza de imunidade parlamentar. Resta apenas o recurso extremo. Antes de usá-lo, Bento escreve uma carta a Onofre, dando-lhe a última oportunidade de retratação.

> *Havendo chegado ao meu conhecimento que, em presença de vários indivíduos do Exército, V. Sa. avançara proposições ofensivas a minha honra e ousara até chamar-me de ladrão; eu, sufocando impulsos do meu coração e aquele brio que em minha longa carreira militar guiara sempre minhas ações, por amor de minha posição e mais que tudo pela crise em que se acha o País; sufocando, repito, aquele ardor com que em todos os tempos busquei o desagravo de minha honra, recorri aos meios legais, únicos exequíveis nas presentes circunstâncias. Como, porém, sua posição de Deputado o põe a coberto desse meio, e deva eu em tal caso lançar mão do que me resta como homem de honra, quisera que V. Sa. houvesse de dizer-me, com urgência e por escrito, se é verdade ou falso o que a respeito me informaram. Deixo de fazer a V. Sa. qualquer outra reflexão a respeito, porque V. Sa. as deve perfeitamente compreender.*

A resposta não se fez esperar. Como Onofre Pires não se dava bem com as letras, foi seguramente redigida por Antônio Vicente da Fontoura. Mas o estilo mantinha a marca do truculento coronel.

Ladrão da fortuna, ladrão da vida, ladrão da honra e ladrão da liberdade, é o brado ingente que contra vós levanta a Nação Rio-Grandense, ao qual já sabeis que se junta a minha convicção, não pela geral execração de que sois credor, o que lamento, mas sim pelos documentos justificativos que conservo. Não deveis, pois, Sr. General, ter em dúvida a conversa que a respeito tive, e da qual vos informou tão prontamente esse correio tão vosso. Deixai de afligir-vos por haverdes esgotado os meios legais, em desafronta dessa honra, como dizeis; minha posição não tolhe que façais a escolha do mais conveniente, para o que sempre me encontrareis. Fica, assim, contestada a vossa carta de ontem.

Nada mais havia a fazer. Bento manda encilhar o seu cavalo mouro. O filho Marco Antônio quer acompanhá-lo a toda força. Ele o proíbe com firmeza. Trata-se de uma questão de honra. Assunto totalmente pessoal. Desembainha a espada e corre o dedo pelo fio. Encurva a lâmina várias vezes. A arma é de bom aço. Relíquia tomada ao inimigo no alvorecer da revolução. Recoloca a espada na bainha. Como de hábito, está com a barba feita e fardado com esmero. Monta e dirige-se ao acampamento de Onofre. A cavalo, ninguém seria capaz de dizer que este homem, esbelto e flexível, se aproxima dos sessenta anos de idade.

Um soldado lhe aponta a barraca de Onofre. O coronel está a sua espera. Antônio Vicente e Manoel Lucas também saem da barraca. O momento que tanto planejaram se aproxima. A carta surtiu efeito. Bento nem mesmo apeia do cavalo. Sua voz não consegue esconder a emoção.

– Já sabeis para que vos procuro.

– Sim, senhor. Por isso almejava eu.

São primos e se conhecem há muitos anos. Juntos começaram a revolução. Estiveram presos na mesma cadeia. Mas o tratamento cerimonioso faz parte da tradição do duelo. Todas as palavras ofensivas já foram ditas e escritas. Agora é a vez das armas.

Onofre Pires grita pelo ordenança. O soldado se aproxima com o cavalo pelo cabresto. É um tostado retaco, de testa branca. Domado há pouco. Onofre monta com agilidade. Bate na aba do chapéu e cutuca o animal com as esporas. Lado a lado, os dois homens deixam o acampamento.

Pasto seco. Cavalhada e algumas reses em pastoreio na costa do arroio. Céu azul sem nuvens. Uma perdiz levanta voo de uma moita. O tostado se assusta. O mouro não muda a andadura. Os dois homens cavalgam em silêncio. Parece até que sabem o lugar do duelo. Mas será um lugar qualquer. Desde que fora das vistas do acampamento. Um bando de avestruzes se afasta do caminho. O único ruído é do bater de cascos. Do tilintar de freios. A um quarto de légua do acampamento, os dois homens puxam as rédeas. A espera tornou-se insuportável. Apeiam. Maneiam os cavalos. Estão bem próximos do arroio Sarandi.

Revisam o terreno plano. Nenhum buraco de tatu. Tiram as túnicas e as esporas. Desafivelam os cinturões. Gestos comuns que o momento faz solenes. As espadas se tocam. Bento olha firme nos olhos de Onofre. Ainda tem o que lhe dizer.

– Após este desafio, espero vos convencer de que teria feito o mesmo com o Paulino Fontoura, de cujo assassinato me incriminam, se ele tivesse ofendido a minha honra.

– Nunca vos fiz semelhante injustiça.

A resposta é surpreendente. Será que o Onofre está com medo? Impossível. Seu rosto largo mantém a mesma expressão de desdém. As espadas se chocam. Bento parte para o ataque. Pensara nisso durante o caminho. Sabe que não terá fôlego para um combate demorado. Seu adversário é onze anos mais moço. Tem uma musculatura assustadora. Mas não é um bom espadachim.

Sob uma saraivada de golpes, Onofre é obrigado a recuar. Sem nenhum estilo, pula várias vezes para trás. Recupera o equilíbrio e ataca. Maneja a espada como um sabre. Bento sente o impacto a percorrer-lhe o braço. Desvia a lâmina do adversário e volta a atacar. Sua estocada passa rente ao ombro de Onofre. O coronel recua outra vez. Bento transpira pelo corpo todo. Sente o fôlego encurtar. É preciso forçá-lo ao ataque. Abrir sua guarda. Onofre segue recuando. Bento baixa a espada e grita-lhe na cara.

– Sois um covarde!

A reação é imediata. Berrando um palavrão, Onofre atira-se sobre o adversário. Quer esmagá-lo. Fazê-lo em pedaços. Bento apara os golpes com maestria. Cada um capaz de decepar-lhe um braço. Desvia o corpo de repente e espicha uma estocada a fundo. O sangue brota da mão direita de Onofre.

O sangue é o preço da honra ofendida. Bento cumprimenta o adversário e dá-se por satisfeito. Mas o ferimento é leve. Onofre treme de raiva. Ata um lenço na mão e ergue outra vez a espada.

– Em guarda! Um de nós há de ficar aqui.

– Assim o quereis, assim será.

O desenlace não tarda. Onofre ataca em desespero. Bento não o quer matar. Desvia-se com rapidez e enterra-lhe a espada no braço direito. O sangue jorra aos borbotões. Vermelho vivo. Uma artéria foi atingida. A raiva de Onofre cede lugar ao medo. Vai esvair-se em sangue. Põe um joelho no chão e pede socorro a Bento com um sinal maçônico. O general rasga a própria camisa e amarra o braço do inimigo acima do ferimento. Mas o sangue ainda escorre. Onofre está pálido e espuma nos cantos da boca. Um bando de quero-queros passa gritando sobre os dois homens.

Bento puxa o cavalo de Onofre e tenta ajudá-lo a montar. O tostado bufa e negaceia. Pisa no capim sujo de sangue. Não adianta insistir. É preciso buscar socorro. Monta no mouro e galopa para o acampamento. Toma as providências para a remoção de Onofre e apresenta-se a David Canabarro. O comandante do exército, por tantos anos seus subordinado, ouve-lhe o relato de cenho franzido. E dá-lhe voz de prisão.

Bento cora até a raiz dos cabelos. Seu pulso treme ao desafivelar a espada. A tradição manda que a entregue ao general. Mas Canabarro se faz grande e recusa a arma.

– Guarde-a consigo. Para sustentar a espada de Bento Gonçalves só conheço um homem. E esse homem se chama Bento Gonçalves.

No amanhecer do dia 3 de março de 1844, Onofre Pires morre em sua tenda de campanha. A gangrena envenenou-lhe o sangue. Ainda detido, Bento escreve uma carta a Domingos José de Almeida. Aproveita o correio do exército para Piratini, que voltou a ser a capital da República.

> *Já meu compadre saberá do fim desastroso que teve o coronel Onofre, que fazia o papel de Santerre na facção desorganizadora, que o incitou a provocar-me tão atrevidamente.*

A paixão os domina e, por isso, vendo aquele homem tão corpulento, o julgaram um gigante e eu um pigmeu.
Eu lamento a sua sorte, mas não tenho o menor remorso, porque obrei como um homem de honra.

Até seus inimigos mais ferrenhos reconheceram esse fato. Concluído o inquérito, Bento Gonçalves foi posto em liberdade. E reassumiu o comando de sua divisão.

Mas o duelo farrapo é um verdadeiro toque de silêncio. A revolução está no fim. Apenas a coragem e a vergonha daqueles homens ainda os mantêm lutando. O Barão de Caxias sente que o momento é oportuno para propor a paz. Sua estratégia de minar a resistência física e moral dos farroupilhas dera pleno resultado. Um ano de guerra contra o Barão desgastara mais a República do que todos os anos anteriores. O povo estava cansado de guerra. Cada cidade, vila ou povoado que caía nas mãos das tropas imperiais recebia um tratamento aliciador. Luiz Alves de Lima e Silva é um profundo conhecedor da natureza humana. Começa por tranquilizar a população, evitando saques e vinganças. Manda distribuir carne aos mais necessitados. Contrata as mulheres e lhes paga para costurarem novos uniformes para seus soldados. Deixa uma guarnição de infantes e artilheiros para defenderem o local conquistado. E segue em frente como um libertador. O povo, esquecido do passado, agrada-se da nova situação. Aumentam as deserções entre os republicanos. Os soldados mortos não podem mais ser substituídos. As mães seguram os recrutas sob sua proteção.

Ainda no acampamento do Sarandi, chega o presidente Gomes Jardim e reúne-se com os generais Bento Gonçalves, David Canabarro e Antônio Netto. O tema da longa conferência é a pacificação. Decide-se tratar seriamente do assunto, pela primeira vez. É o ponto de partida de um ano inteiro de tratativas.

A guerra continua sem interrupção ou armistício. Enquanto os chasques levam e trazem mensagens de conciliação, os guerreiros se matam no topo das coxilhas. Naquele mesmo mês de março, Chico Pedro é derrotado pelo coronel Antônio Manuel do Amaral, às margens do Candiota. Outro coronel farroupilha, Manuel Carvalho do Aragão, mais conhecido como Carvalhinho, atormenta os imperiais com sua tática de guerrilha. Joaquim Teixeira Nunes e Jacintho Guedes da Luz fazem prodígios com seus lanceiros. Mas tudo lhes falta para enfrentarem tropas regulares e bem armadas. Os quadrados de infantaria escoram o ímpeto das cargas de cavalaria. E até os cavalos começam a faltar para os republicanos. Os imperiais Silva Tavares, Bento Manuel, Andrade Neves e Manuel Luiz Osório conhecem cada palmo da região fronteiriça. Cada vez está mais difícil obter armas e munições do Uruguai. Os soldados republicanos combatem vestidos com frangalhos. O último ano de guerra é o verdadeiro ano dos farrapos.

Em setembro de 1844, ao se iniciar o décimo ano de revolução, o Barão de Caxias e o general Bento Gonçalves se encontram nas proximidades de Bagé. A discussão é árdua, mas os dois concordam em promover a paz. Alguns pontos fundamentais do acordo são postos por escrito. Os dois homens separam-se num clima de otimismo. Mas os inimigos de Bento não lhe querem permitir a glória de obter a pacificação. Canabarro mantém-se indeciso, entre os dois grupos irreconciliáveis. Caxias começa a perder a paciência. Escreve ao Rio de Janeiro relatando a total desunião dos rebeldes. Ele não sabe mais com quem negociar. O governo republicano perdeu o respeito dos oficiais em armas. Desmantelado, está somente atento a fugir no lombo dos cargueiros.

Ainda uma vez, Bento Gonçalves age com sabedoria. Afasta-se das negociações e deixa Antônio Vicente da Fontoura tomar as iniciativas em nome da República. No dia 6 de novembro de 1844, Caxias recebe Antônio Vicente e o Padre Chagas em Bagé, como emissários oficiais dos farroupilhas. Por coincidência do destino, é o dia do aniversário da instalação solene da República Rio-Grandense. Dia em que Teixeira Nunes, vibrando de emoção, desfilara pelas ruas do Piratini a primeira bandeira republicana. A bandeira que simbolizava a luta pela Liberdade, Igualdade e Humanidade. O sonho chegava ao fim. A bandeira tricolor não mais tremulava nos mastros da província. E Teixeira Nunes morreria em combate ainda naquele mês.

No acampamento farroupilha o clima é de festa. David Canabarro, sempre prevenido, relaxou completamente a vigilância. A reunião de seus emissários com o Barão de Caxias foi um sucesso. A paz não tardará a dar descanso àqueles homens esgotados. Os generais Netto e João Antônio também estão no Centro dos Porongos. O efetivo total é de cerca de mil homens. Mas nenhum deles está de guarda. Até tarde da noite repicam as violas, passam de mão em mão as guampas de cachaça. O general Canabarro recolheu-se cedo para uma carreta toldada. Quer passar uma noite inteira com a sua china. Outras mulheres dançam sapateado ou aquecem os pelegos de oficiais e soldados.

O sargento Cosme desperta antes do amanhecer. Um leve clarão surge entre os morros arredondados que se parecem a porongos ou cuias de chimarrão. E é de mate que o sargento precisa. Sente a boca seca. Uma dor forte na nuca. Também se passou na bebida. Levanta-se e caminha em direção ao borralho. Tropeça num soldado, que resmunga. Algumas brasas brilham entre as cinzas. A brisa do amanhecer sopra sobre um *pai de fogo.* Ainda tem lenha empilhada por ali. O sargento agacha-se e atira uns gravetos sobre as brasas. Uma labareda cresce, iluminando seu rosto. A chaleira de ferro está vazia. Vai ser difícil conseguir água para o chimarrão.

O sargento Cosme ergue-se em toda a sua estatura e se espreguiça. Um tiro o atinge pelas costas. Curva-se e recebe outro balaço. Cai de borco sobre o fogo. Ninguém o pode socorrer. A fuzilaria estala de todos os lados. O acampamento desperta em pânico. Os primeiros que se levantam caem mortos ou feridos. Outros se arrastam em busca das armas. A cavalaria imperial entra a galope, pisoteando tudo. A gritaria é infernal. Os mais valentes lutam de arma branca para salvar a vida. A maioria dos soldados e oficiais foge em completa desordem. As lanças estão empapadas de sangue. Saindo da carreta, o general Canabarro não perde tempo em vestir as calças. Embora pesadão, salta em pelo no primeiro cavalo que encontra. E foge a galope solto, sem olhar para trás.

O coronel Francisco Pedro de Abreu foi o autor da façanha. Os farroupilhas esbravejam e se queixam de traição. Boatos correm de que Chico Pedro agiu por conta própria. Ambicioso em fazer carreira, quis vencer mais uma batalha antes que viesse a paz. Mas o Barão de Caxias seria homem de tolerar tal insubordinação? O ataque ao Cerro dos Porongos foi planejado nos mínimos detalhes. Até os freios dos cavalos tinham sido enrolados em trapos para não fazerem ruído. Os soldados do *Moringue* tinham marchado cinco noites, passando os dias escondidos. Rações de carne cozida foram distribuídas para que ninguém fizesse fogo. O dedo do Barão estaria em tudo isso? Mas Canabarro foi o grande culpado do desastre. Cobriu-se de ridículo por sua fuga em trajes menores e muitos o acusaram de traidor. Uma centena de veteranos combatentes, a maioria negros, morreu sem a menor chance de defesa. Não havia cartuchos em suas carabinas. Teria havido um plano maquiavélico para eliminar os ex-escravos? O massacre do Cerro dos Porongos continua à espera de uma explicação.

A verdade é que a traição não interrompeu as tratativas de paz. Antônio Vicente da Fontoura já estava a caminho do Rio de Janeiro. Ali deveria submeter ao Imperador e aos seus Ministros a proposta de paz acertada com Caxias. Sua missão obtém sucesso absoluto. No dia 18 de dezembro, D. Pedro II concede anistia aos revolucionários que depuserem as armas. Fontoura embarca em direção ao Rio Grande. No dia 2 de janeiro de 1845, encontra-se com o Barão de Caxias em Piratini. Está tudo acertado. Mas ainda falta a manifestação oficial de Bento Gonçalves. David Canabarro a solicita por escrito. É o aval definitivo da paz. Sem ele, tudo poderá desmoronar outra vez.

> *A paz é indispensável fazer-se; o país altamente a reclama, pois infelizmente, vítima de nossos desacertos, nada tem a lucrar com os azares da guerra.*
> *Nada sei das condições em que se tenha a paz lavrado e menos das instruções que conduziu o comissionado da Corte do Brasil. Sendo tudo para mim misterioso, me abalanço a lembrar-vos que uma das primeiras condições deve ser o pleno esquecimento de todos os atos que, individual ou coletivamente, tenham praticado os republicanos durante a luta.*
> *Tendo emitido a minha opinião, resta-me repetir-vos: a paz é absolutamente necessária, que os meios de prosseguir a guerra se escasseiam e o espírito público está contra qualquer ideia que tenda a prolongar seu sofrimento.*

A carta de Bento Gonçalves é datada de 22 de fevereiro de 1845. No dia 28 do mesmo mês, no acampamento de Ponche Verde, os remanescentes das tropas farroupilhas aprovam as condições estabelecidas para a pacificação do Rio Grande. As assinaturas do documento são apressadas, até ilegíveis. Nenhum daqueles homens se orgulha de testemunhar um fracasso. Mas as condições, para um exército em petição de miséria, são a prova do respeito que ainda impõem ao Império.

1. *O indivíduo que for pelos republicanos indicado Presidente da Província é aprovado pelo Governo Imperial e passará a presidir a Província.*
2. *A dívida nacional é paga pelo Governo Imperial, devendo apresentar-se ao Barão a relação dos créditos, para ele entregar à pessoa ou às pessoas, para isso nomeadas, a importância a que montar a dívida.*
3. *Os oficiais republicanos que, por nosso comandante em chefe, forem indicados, passarão a pertencer ao Exército do Brasil, no mesmo posto, e os que quiserem suas demissões ou não quiserem pertencer ao Exército, não são obrigados a servir, tanto em Guarda Nacional, como em primeira linha.*
4. *São livres, e como tais reconhecidos, todos os cativos que serviram na República.*
5. *As causas civis, não tendo nulidades escandalosas, são válidas, bem como todas as licenças e dispensas eclesiásticas.*
6. *É garantida a segurança individual, e de propriedade, em toda a sua plenitude.*
7. *Tendo o Barão de organizar um Corpo de Linha, receberá para ele todos os oficiais dos republicanos, sempre que assim voluntariamente queiram.*
8. *Nossos prisioneiros de guerra serão logo soltos, e aqueles que estão fora da Província, serão reconduzidos a ela.*
9. *Não são reconhecidos em suas patentes os nossos generais, porém gozam das imunidades dos demais cidadãos designados.*
10. *O Governo Imperial vai tratar definitivamente da linha divisória com o Estado Oriental.*
11. *Os soldados da República, pelos respectivos comandantes relacionados, ficam isentos de recrutamento de 1.ª linha.*

12. Oficiais e soldados que pertenceram ao Exército Imperial e se apresentaram ao nosso serviço serão plenamente garantidos como os demais republicanos.

O *indivíduo* indicado pelos republicanos para presidir a província foi, naturalmente, o Barão de Caxias. Esse o compromisso diplomático. Mas Luiz Alves de Lima e Silva aprendera a respeitar a coragem e a determinação dos farroupilhas. E necessita deles para defender as fronteiras do Império.

As últimas palavras da *Guerra dos Farrapos* a ele pertencem. Com elas, sela definitivamente a paz de Ponche Verde. Instado por um capelão militar a comparecer a um *Te Deum* pela vitória de seu Exército, fulmina-o com uma frase que ajudaria a cicatrizar todas as feridas.

– Convide-me para um *Requiem* pela alma dos mortos e eu comparecerei à missa com todos os meus oficiais. Os que morreram nesta guerra eram todos irmãos.

Toque de Silêncio

É hora de soprar as velas. Acender a luz elétrica. Escutar o telefone, as buzinas estridentes. O matraquear de um edifício em construção. É hora de voltar ao ritmo da vida moderna.

Um mergulho no passado nos devolve estonteados. Meus ouvidos se habituaram ao canto dos pássaros. Meus olhos ainda estão cheios de vaga-lumes, de horizontes a perder de vista. Anseio pelo gosto da pitanga. Acostumei-me ao ar perfumado de outro século.

Passeio pelo apartamento em busca de algo do passado. Qualquer traço de união com o mundo em que vivi. Sorrio ao lembrar-me de um sobrevivente do Rio Grande antigo. Aqueço água no fogão a gás e ponho erva na cuia. O gosto do chimarrão é o mesmo de todos os tempos. Herança nativa que teima em sobreviver.

Tomando mate me aproximo da janela. O dia já está claro. Automóveis vão tomando conta das ruas. Entre os edifícios, ainda vejo uns retalhos do Guaíba. Sereno e cor de café com leite. Por sobre o telhado do Theatro São Pedro, descanso a vista na Praça da Matriz. Todos os jacarandás estão floridos. Os balanços ainda estão vazios. Pessoas caminham apressadas. Ninguém se cumprimenta. Ninguém tem tempo a perder.

Antes de ser arrastado pela correnteza, procurou os traços que a revolução deixou. Do outro lado da praça, no lugar do antigo casarão de onde fugiu Fernandes Braga, ergueu-se um palácio de estilo neoclássico. Ainda trabalha e dorme ali o presidente da província. Mas o palácio se chama Piratini. A Rua da Igreja é agora Duque de Caxias. O Poder Legislativo se abriga no Palácio Farroupilha. A bandeira da República Rio-Grandense ondula ao lado da bandeira do Brasil.

Tiro o carro da garagem e saio à procura de outra praça. Tenho a cabeça povoada de fantasmas. Dirijo devagar. Estaciono o carro e saio a caminhar entre as paineiras. Parecem árvores de Natal enfeitadas de algodão. A praça está deserta. Um leque de palmeiras imperiais contorna a estátua branca. Garibaldi e Anita ali estão à minha frente. É bom vê-los juntos outra vez.

Garibaldi nunca esqueceu o Rio Grande. Da Itália, respondendo a uma carta de Domingos José de Almeida, assim recorda seus companheiros de revolução:

> *Quando penso no Rio Grande, nessa bela e cara província, quando penso no carinho como fui recebido por vossas famílias, onde fui considerado como filho. Quando penso em vossos valorosos concidadãos e nos sublimes exemplos de amor pátrio e abnegação que deles recebi, fico realmente comovido. E o passado de minha vida se projeta na memória como alguma coisa de sobrenatural, de mágico, de verdadeiramente romântico.*
> *Vi quantidades de tropas mais numerosas, batalhas mais renhidas, mas nunca vi, em nenhuma parte, homens mais valentes nem cavaleiros mais brilhantes do que os da cavalaria rio-grandense, em cujas fileiras comecei a desprezar o perigo e a combater dignamente pela causa das nações. Quantas vezes, fui tentado a revelar ao mundo os feitos assombrosos que vi realizar por essa gente viril que sustentou por mais de nove anos a mais encarniçada luta contra um poderoso Império!*

Um joão-de-barro está fazendo ninho no peito de Garibaldi. Mas as pessoas que passam não veem esse poema de amor. É preciso seguir em frente. Tenho ainda uma promessa a cumprir.

Atravesso as pontes do Guaíba; vou em busca da casa de Gomes Jardim. Dali, partiram os primeiros combatentes de 1835; ali se apagou a última chama da revolução.

Assinada a paz de Ponche Verde, cada um seguiu o seu caminho. Gomes Jardim e Isabel Leonor retornaram às Pedras Brancas. A estância que deu origem à cidade de Guaíba fora pilhada pelas tropas imperiais. Nenhum gado sobrara nas pastagens. Silêncio na olaria e na charqueada. Mas no alto da coxilha que domina o rio, a casa resistira ao abandono. E o cipreste continuava a balançar seus galhos ao vento sul.

O casal está velho. E é preciso começar tudo de novo. Trabalham lado a lado como nos primeiros tempos. Os campos vão sendo repovoados. Peões antigos voltam ao galpão campeiro. Vacas vão dando cria. A semente brota na terra. A casa tem outra vez o cheiro de pão.

Estaciono o carro diante da casa de Gomes Jardim. Um século e meio depois do início da guerra, ela ainda está no mesmo lugar. A cidade cresceu a sua volta. Mas o cipreste ainda lhe guarda a porta. E a vista se perde na imensidão do rio.

Começo a sentir o pulso acelerado. Desço do carro e me dirijo a casa. O tempo vai recuando a cada passo. Ainda me falta assistir ao derradeiro ato antes do pano cair.

Faz frio no alto da coxilha. É o dia 18 de julho de 1847. Pouco mais de dois anos depois da paz. Está aberta a porta da sala de visitas. Muitas pessoas aguardam em silêncio. Em cada rosto uma expressão de dor. Passo por elas e me dirijo ao quarto. Cheiro forte de cânfora e de álcool. Apoiado contra os travesseiros, Bento Gonçalves acaba de morrer.

No mesmo barco que o trouxe de Triunfo, seu corpo é levado até o Camaquã. O enterro é simples. Poucos amigos estão na Estância do Cristal. Mas um deles guardará seu túmulo. Nico Ribeiro, o ex-escravo e corneteiro. E os gaúchos, passando pela estrada, ouvirão muitas vezes o clarim. É o toque de silêncio de uma guerra. Que até hoje não chegou ao fim.

Saudação a Alcy Cheuiche

Artur Ferreira Filho

Escolhendo-me para vos saudar, no momento em que recebeis o honroso Prêmio *Ilha de Laytano*, acredito ter sido intenção dos meus dignos companheiros de Comissão Julgadora assinalar este ato de afirmação de valores, com a aproximação de duas gerações bastante distanciadas, nas medidas do tempo. A vossa, respirando o ar oxigenado de um verão radioso; a minha, mergulhada naquele crepúsculo indeciso, que nos fala o verso de Raymundo Correia: Entre os clarões de um sol que já vai longe e as sombras de uma noite que vem perto.

É bom que estejamos aqui de mãos dadas, ignorando as quatro ou cinco décadas que nos separam, para constatarmos que o tão apregoado conflito das gerações, se é verdade que existe, não atinge àqueles que trazem os olhos voltados para o belo e o coração afeito à prática nobilitadora do bem.

O Prêmio que acaba de vos ser conferido, e que é o único no gênero, existente em nosso Estado, deve-se à benemerência de seu criador, o eminente Professor Dante de Laytano, mestre respeitado e querido de todos nós, cujo ânimo nunca esmorece, por mais que alimente sua vocação infatigável de servir à cultura rio-grandense.

A outorga do Prêmio *Ilha de Laytano* encerra uma tríplice intenção: a de consagrar, a de recompensar e a de estimular. Consagrar o talento que se revela na produção literária; recompensar o esforço despendido pelo escritor gaúcho, no aperfeiçoamento de sua obra, e estimular os jovens no culto das belas-letras.

Seria desnecessário lembrar aos presentes, aqui vindos para abrilhantar esta homenagem prestada aos vossos méritos, que, no âmbito da nova geração de autores gaúchos, sois vós um dos mais dotados daquelas virtudes incomuns, que fazem um escritor de alto nível, dado que essa evidência ressalta no notório valor de vossas obras.

Poeta e prosador conhecido, aqui e além das nossas fronteiras, a vossa bagagem literária já alcança quase uma dezena de livros, prestigiados pelos amigos da boa leitura. Não os mencionarei, nem tentarei dar uma ideia de seu conteúdo, porque, para tanto, eu não seria o mais indicado, e, mesmo, porque o mandato que recebi foi para vos saudar em nome dos presentes, pela distinção que vos foi merecidamente conferida. Falarei apenas e a voo de pássaro sobre o romance *A Guerra dos Farrapos*, selecionado entre as obras de escritores rio-grandenses, editadas no ano 1984, para a concessão do Prêmio.

Trata-se, como se lê em sua apresentação, de uma *narrativa romanceada dos principais acontecimentos da revolução republicana* irrompida nesta província do estremo Sul, em 20 de setembro de 1835. Uma narrativa romanceada equivale dizer um romance histórico, uma ficção histórica, na elaboração da qual o escritor procura, conservando a integridade da história, fazê-la mais sedutora, sem, contudo, deixá-la menos verdadeira. Era o conselho de Eça de Queiroz: *Sobre a nudez forte da verdade o manto diáfano da fantasia*. A ficção histórica é a história embelezada pela arte. É Camões cantando os feitos portugueses na epopeia formidável dos descobrimentos; é o *Noventa e Três*, de Victor Hugo; é entre nós, Paulo Setúbal, rememorando em prosa amena as façanhas ásperas do Bandeirismo que dilatava as fronteiras da Pátria. De certo modo, pode-se encontrar a ficção histórica mesmo nas obras imortais da Antiguidade Clássica.

No pórtico de vosso livro, em significativo destaque, encontramos a frase de Maurice Druon: *Os séculos gastam as pedras mais rapidamente do que as palavras*, ali, posta por vós, como uma identificação de princípios.

Sim, ninguém poderá duvidar de que os ventos do deserto, soprando durante séculos e séculos a areia fina sobre a Esfinge de Gizé, um dia a reduzirão a pó, mas os poemas de Homero e as palavras de Aristóteles permanecerão, vencendo os milênios, enquanto existir um homem civilizado sobre a face da terra. Realmente é imensa a força da palavra escrita, que perpetua na memória dos tempos a glória dos santos e dos heróis.

Vosso livro de história romanceada, mais história que romance, é belo e oportuno. Ocupa-se da Revolução Farroupilha, quando o Rio Grande comemora um século e meio daquele glorioso acontecimento histórico. Fala de seus campeões, de seus feitos, de suas grandezas e de suas misérias. Retrata com fidelidade os costumes do tempo e o nível cultural das elites gaúchas. E mais: não vos deixastes contagiar pelo vezo, muito em voga em nossos dias, que pretende pesar a conduta dos homens e a importância dos fatos ocorridos, em séculos passados, pela balança do presente.

Imune aos preconceitos mesquinhos e as pretensões pueris, que se arrogam ao privilégio de encontrar verdades novas no velho panorama farroupilha, soubestes, em termos brilhantes e pleno conhecimento de causa, destacar as grandes figuras que, de um e outro lado, serviram com honra e cavalheirismo o partido que abraçaram. Bento Gonçalves e Caxias, os dois expoentes maiores das forças que se digladiavam, ambos aparecem no vosso livro sem auréolas mitológicas, mas na sua grandeza humana, na sua inteireza de caráter, na sua nobreza de coração.

Sabemos que existem alguns escritores que julgam prestar bom serviço à História, apresentando Bento Gonçalves como um simples fazendeiro ambicioso, e outros que, renunciando ao direito de serem tomados a sério e zombando da inteligência de seus leitores, descem ao terreiro da mera difamação, chamando ladrão de cavalos o nobre chefe farroupilha. Para esses, os gaúchos que, no decorrer de um século e meio, cumularam de honrarias a memória de Bento Gonçalves, erguendo-lhe estátuas, fazendo-o o topônimo de uma cidade e de inúmeras ruas e praças; os constituintes de 91 que, pelo artigo 8.º de suas Disposições Transitórias, determinaram a elevação de um monumento ao herói, para eles, os historiadores, os escritores, os poetas que o enalteceram, e os políticos que lhe votaram estátuas, não passariam de simplórios, e tão aferrados à simploriedade, que, decorridos já quase um século e meio, ainda não se teriam acordado de seus enganos.

Ao contrário desses que se comprazem em desmerecer os grandes vultos da Epopeia de 35, pelos quais os gaúchos se orgulham de haverem nascido na terra rio-grandense, vós, escritor Alcy Cheuiche, fazendo justiça, apresentais o chefe farroupilha como verdadeiro herói romântico, do gênero de Bolívar e de La Fayette. E tudo sem a pretensão de impor aos vossos leitores a aceitação desse juízo, mas oferecendo como prova do que afirma a conduta cavalheiresca, tantas vezes demonstrada, de Bento Gonçalves, rasgando um pedaço da própria camisa, para pensar o braço do rancoroso adversário ferido em duelo; e a renúncia à fuga da Fortaleza da Laje, para não deixar sozinho seu companheiro de prisão, Pedro Boticário, que não conseguiu passar entre as grades do calabouço.

A Guerra dos Farrapos; vossa última produção literária publicada é um livro que se lê com facilidade e agrado, porque a vossa prosa é desimpedida de trancos e barrancos, apresentando-se deslizante, como queria mestre Camilo, no apogeu da literatura lusitana. É um livro que vale pelo prazer intelectual que proporciona e pelos conhecimentos que transmite, sobre o fato político-militar de maior vulto da história rio-grandense.

Lemos, quase sem interrupção, os quatorze capítulos que o compõem, desde A Ponte da Azenha, onde a narrativa começa, até o Toque de Silêncio, eloquente e evocativo poema em prosa, glorificando o pôr do sol de um ciclo de heroísmo e de grandeza.

Em todos encontramos o que buscávamos, de beleza literária e de honestidade na descrição dos acontecimentos.

Vosso livro é bom e oportuno, devendo ser recebido como um acréscimo significativo para a bibliografia gaúcha e brasileira e uma brilhante contribuição às comemorações do Sesquicentenário Farroupilha. Sua premiação foi bem merecida.

Aqui vimos para felicitar-vos e também para vos ouvir e vos aplaudir.

Prêmio Ilha de Laytano

Alcy Cheuiche

Tenho certeza que nasci de um ato de amor. Um amor que já perdura há mais de meio século entre meu pai e minha mãe. Maravilhosos seres humanos que me deram a vida e me educaram no respeito aos velhos, às crianças, aos desprotegidos da sorte, aos livros, aos amigos de qualquer raça, à natureza com suas pedras, plantas e animais. E se, pelos caminhos tortuosos da vida, nem sempre respeitei os dez mandamentos do Sinai, um deles tenho certeza de que sempre respeitarei: honrar pai e mãe, acima de tudo e em todos os tempos.

Também do amor nasceu este prêmio literário que recebo de cabeça inclinada como os cavaleiros de antanho, em memória da insigne dama rio-grandense e brasileira sra. Ilha de Laytano. No bronze burilado pelas mãos do artista Francisco Stockinger, o símbolo da teimosia humana em desafiar o tempo. Na presença do escritor Dante de Laytano nesta cerimônia, o aval do mestre que confiou neste discípulo para portar uma centelha de sua saudade. E levar para um lugar de honra em minha casa e na carreira literária, uma pétala da flor perfumada que o inspirou no seu caminho de homem e de intelectual.

Nascer de um ato de amor é um privilégio neste mundo em que as crianças já nascem engrossando as estatísticas da fome, da doença e do abandono. Um mundo que raramente foi comandado pelos intelectuais e, quando o foi evoluiu mil anos em poucas décadas. Como no século de Péricles, no reinado de Marco Aurélio e no Renascimento europeu.

Infelizmente, nem todos nascem de um ato de amor. Nem todos têm irmãs a colocar açúcar na janela para atrair a cegonha. Nem todos têm a felicidade de abrir os olhos pela primeira vez diante do sorriso de uma família estável e feliz.

Nasci num antigo sobrado da cidade de Pelotas, construído pelo meu bisavô materno, Joaquim da Silva Tavares, filho daquele honrado tenente-coronel João da Silva Tavares, o primeiro oficial a erguer sua espada para defender o Império do Brasil na *Guerra dos Farrapos*. E, por falar em espada, meu pai, tenente do 9.º Regimento de Infantaria, já naquele ano de 1940 formado em Veterinária e Direito, tinha o hábito de colocar sua espada sob a cama onde minha mãe daria à luz. Segundo antiga tradição militar, tal gesto atrairia um filho varão. Por três vezes colocou a espada e por três vezes recebeu no lar uma menina. Assim, logo antes de eu nascer, desistiu de colocar a espada, mas, ao inclinar-se para beijar minha mãe, sua caneta caiu do bolso e rolou discretamente para debaixo da cama. Sem espada para enfrentar a vida, foi com a caneta que saí a esgrimir os meus moinhos de vento, como fazem todos os Quixotes deste nosso mundo encantado de prosadores e poetas.

Com quatro anos de idade fui levado de trem para Alegrete. Ali passei minha infância e adolescência. Ali nasceu o meu irmão mais moço. Ali aprendi a ler, a escrever, a nadar no Ibirapuitã, a andar a cavalo. Entre os meus conterrâneos de Alegrete, aprendi os valores básicos do gaúcho e alimentei minhas raízes tenras com a seiva geradora de árvores duras como o angico e homens duradouros como Osvaldo Aranha e Mario Quintana.

No Instituto de Educação Oswaldo Aranha, dirigido por grandes mestras como Maria Amorim, Marieta Almeida, Gioconda Contino, Ida Rios, cursei desde o jardim de infância até o 3.º científico. E graças ao padrão de ensino público daquela casa, onde meu pai foi por longos anos presidente do Círculo de Pais e Professores, fui aprovado no vestibular sem nenhum cursinho e vi-me acadêmico da Faculdade de Agronomia e Veterinária.

E foi aqui, nesta Porto Alegre, estuário de águas e de sonhos, que publiquei meu primeiro poema no jornalzinho dos estudantes. Chamava-se *Reza chucra* e cantava o lamento de um homem que deixou o campo para embretar-se na cidade. Reflexo natural da saudade que eu sentia da casa paterna e do meu cavalo tordilho que, lá das coxilhas do Alegrete, relinchava por mim.

Certa manhã, no prédio da Faculdade de Medicina, ao findar uma das suas aulas de Fisiologia que nos incendiavam a mente, o famoso professor Mozart Pereira Soares perguntou em alto e bom som:

– Quem de vocês é o Alcy Cheuiche?

Senti um frio na barriga, porque perdera algumas aulas por andar tropeando na Serra do Cantagalo. Eu sabia que os caminhões iriam acabar com os tropeiros e conseguira convencer meu pai (graças ao apoio discreto e firme da minha mãe) a só voltar a Porto Alegre já por meados de março.

Bueno, como todos olhavam para mim, engrossei a voz e respondi:

– Sou eu, professor.

– Pois faça o favor de esperar um minuto. Preciso falar-lhe.

Foi a primeira vez que conversei com o meu *guru*, este monumento à cultura gaúcha e universal. Ele elogiou meu poema de estreante e convidou-me a atravessar o Parque da Redenção até a sua casa na Venâncio Aires. Ali me apresentou a esposa, Tereca, e me ofereceu acesso irrestrito aos livros que amealhara; seus maiores tesouros.

Mozart Pereira Soares, Jayme Caetano Braun e Moacir Santana foram os escritores que me amadrinharam na literatura. Eles prefaciaram tão bem os meus primeiros livros que eu temia que fossem comprados apenas pelo prefácio...

Moacir Santana! Que belíssima figura de prosador e poeta. Lembro que foi ele, numa dessas manhãs do veranico de maio, quem me apresentou ao coronel Arthur Ferreira Filho. Foi ali, na Praça da Matriz. Eu olhando o coronel como uma legenda viva e o Moacir valorizando o aprendiz aos olhos do historiador guerreiro:

– Conhece o poeta Cheuiche?

Ao saber que seria honrado pela saudação de Arthur Ferreira Filho, nesta noite de tantas emoções, pensei que talvez o destino o tivesse escolhido para abraçar-me também em nome de nosso amigo Moacir Santana, que já se foi a encantar os pagos do Além.

Que mais resta a dizer? Sou um homem com sede de horizontes, mas cuja agulha imantada aponta sempre para a Querência. Vivi três anos em Paris, absorvi como uma esponja tudo que a capital cultural, a encruzilhada do mundo civilizado oferece a um jovem sedento de saber, e continuei gaúcho. Vivi dez anos em São Paulo, um ano na Alemanha, alguns meses na Bélgica, por muitas vezes visitei a Itália, a Espanha, Portugal, lugares que aprendi a amar, e continuei gaúcho. Fui ao México, aos Estados Unidos, ao Canadá, cruzei o oceano Pacífico pela Polinésia até a Austrália, e continuei gaúcho. Atravessei as Colunas de Hércules, fui ao Marrocos, entrei no túmulo de Tutancâmon no Egito, extasiei-me com a Mesquita de Istambul, com o Partenon de Atenas, com o Líbano dos meus ancestrais, e continuei gaúcho.

Para mim, ser gaúcho não é somente vestir a indumentária campeira ou elogiar este nosso pedaço do Brasil. Ser gaúcho, para mim, é sinônimo de ser livre mesmo quando campeia a ditadura; ser justo mesmo quando nos negam a justiça; ser honesto mesmo quando a desonestidade é o caminho mais curto para a fortuna ou para o sucesso.

E se algum mérito encontro em mim, para receber um troféu que já honrou escritores do quilate de Mozart Pereira Soares, Moysés Vellinho, Luiz Antonio de Assis Brasil e outras figuras insignes das nossas Letras, será talvez o mérito de não transigir com os valores da nossa literatura. O mérito de não ter adquirido nenhum cacoete alienígena, de não ter feito nenhuma concessão puritana ou pornográfica para agradar uma ocasional maioria dos leitores do Brasil.

Meus livros, como *A Guerra dos Farrapos*, motivo maior desta homenagem, são simples e despojados como é o nosso verdadeiro Rio Grande do Sul. Terra de pastores, como a Arcádia da Grécia Antiga. Querência fraternal de muitas etnias, que se tornou um manancial encantado para a inspiração de prosadores e poetas.

OBRAS DE ALCY CHEUICHE

Romance

O Gato e a Revolução -1967

Sepé Tiaraju– Romance dos Sete Povos das Missões – 1975

O Mestiço de São Borja – 1980

A Guerra dos Farrapos – 1984

Sepé Tiaraju – Edição quadrinizada por José Carlos Melgar – 1988, 2ª e 3ª edições

Ana Sem Terra – 1990

Ana Sem Terra – Warum auf Morgen Warten (Por que esperar pelo amanhã?) 1ª edição na Alemanha - 1994

Lord Baccarat -1993

A Mulher do Espelho – 1995

Sepé Tiaraju - Der Lezte Häuptling – 1ª edição na Alemanha – 1997

Sepé Tiaraju – Novela de los Siete Pueblos de Misiones – 1ª edição no Uruguai – Banda Oriental– 1995; 2ª edição no Uruguai – Banda Oriental – 2012

Sepé Tiaraju – Roman der Sieben Missions – Völker – (livro bilíngue português/alemão, com fotografias de Leonid Streliaev) - 2015

Nos Céus de Paris – Romance da vida de Santos Dumont – 1998

Jabal Lubnan, as aventuras de um mascate libanês – 2003

João Cândido, o Almirante Negro – 2010

O Farol da Solidão – 2015

O Velho Marinheiro – A história da vida do Almirante Tamandaré – 2018

História

Santos Dumont - Biografia - 2009

Agropecuária - Vocação Rio-grandense de todos os tempos/ Bilíngue espanhol – 2018

Poesia

Versos do Extremo Sul – 1966

Entre o Sena e o Guaíba – 1968

Meditações de um poeta de gravata – 1974

Antologia Poética – 2006

Infanto-Juvenil

A caturrita americana – 2009

O ventríloquo - 2010

Crônica

O planeta azul – 1981

Na garupa de Chronos - 2001

Com sabor de terra – 2011

Contos

Uma vela acesa descendo a correnteza - 2021

Teatro

O pecado original – 1986

ORIENTADOR DE OFICINAS LITERÁRIAS DESDE 2002

Livros publicados pela Oficina de Criação Literária Alcy Cheuiche: 91 livros – 2002/2022.